LIGNE DE BASSE

DU MÊME AUTEUR

*

Les Silences de Rose, Éditions Diabase, 2020.

Patrick Martinez

LIGNE DE BASSE

ALMA ÉDITEUR

Alma Éditeur a bénéficié pour sa diffusion et sa commercialisation d'un partenariat avec la Société Nouvelle Éditions Anne Carrière.

ISBN : 978-2-36279-604-3

À Myriam, encore.

Une autre musique que la sienne, celle qu'il vient d'interpréter, celle qu'il a rêvée ou lui seul entendue sans qu'à aucun moment, ou si rarement, elle trouve à se frayer une voie vers ses mains, à glisser jusqu'à ses doigts pour enfin résonner pleinement dans la salle, une autre musique que celle qu'il a peut-être voulu jouer verse déjà par les enceintes dissimulées sur deux colonnes par des gerbes de fleurs artificielles. On lui donnerait trente ans, peut-être davantage, mais il en a vingt-sept et se prénomme Jean. Il a posé un cendrier à l'extrémité gauche du clavier et s'en saisit pour y reprendre sa cigarette au filtre un rien jaunâtre. Il l'a éteinte en fin de pause. Elle est ridée par sa salive. Il prend soin de couper le lambeau de tabac pendouillant à son bout, avant de faire jaillir la flamme de son briquet. La fumée se répand sur les touches ivoire en d'épaisses volutes, ondoyantes, bleutées. Il sent picoter ses yeux qu'il sait rougis par des nuits sans sommeil, puis rabat le pupitre après y avoir enlevé deux fiches noircies de titres, en anglais, de vieux standards de jazz. Il tourne le visage et s'applique à masser sa nuque douloureuse. Indifférent aux quelques buveurs attardés derrière lui, il se met à rouler, sous le bout de ses doigts, l'infime dépôt visqueux qui adhère à sa peau. L'image de sa mère puis celle de sa sœur émaillent, un court instant, le flux de ses pensées. Il redresse la tête. Dans le grand miroir au-dessus du piano, il aperçoit l'importun qui pendant qu'il jouait avait cru judicieux, ou peut-être nécessaire, de marquer le tempo par des clappements de langue. Dans ce même miroir, une femme se lève et dénoue le foulard de satin, bleu, à pois, enroulé à son cou. Elle paraît hésiter à gagner le comptoir. Une jeune fille l'accompagne et semble, elle, décidée, tapotant sur sa montre, souriant sévèrement, à tenter de la convaincre qu'il est l'heure de partir. Jean pivote sur sa chaise et attrape son blazer roulé en boule sur une desserte. Il l'enfile et les revoit qui s'éloignent vers la sortie. La plus jeune à ce point couverte de lainages aux motifs bigarrés, qu'on ne peut distinguer l'arrondi de ses hanches. L'autre aux pas incertains et qui ferme la marche, sa longue natte ballottant sur le col d'un manteau de fourrure. À nouveau les visages de sa mère et sa sœur lui reviennent à l'esprit. Il se lève et se dirige lentement vers les toilettes. Il peut voir son patron, amorphe, bras croisés sur le bord de la caisse, le suivre d'un œil éteint. Il verrouille la porte, se penche sur le lavabo, et fait couler l'eau froide. Il s'asperge le visage, l'essuie avec une paire de serviettes en papier, et remarque que depuis qu'il a repeint les murs des inscriptions ont reparu. Un numéro de téléphone assorti de promesses à celui qui, trop seul, osera le composer. Le début d'un poème écrit au stylo rouge en lettres majuscules, ou encore la navrante ébauche d'une verge. Il remarque également que le joint de la vasque a repris l'apparence d'un ruban verdâtre et squameux. Il se revoit à genoux, ou même couché sur le carrelage au sol, poncer au-dessus des plinthes des cloques d'humidité. Il peut même réentendre son patron lui demander d'effectuer ces travaux. Son statut de pianiste comme toujours précaire, il n'avait pu dire non. Il ferme le robinet et regagne la salle. Il n'y a plus, au fond, qu'un couple d'hommes assis sur une banquette en angle. L'ombre prostrée sur l'un fait ressortir le visage de l'autre, émacié et cireux, que crible de reflets une applique ajourée. La musique qui sourd maintenant des enceintes n'en finit plus d'user un couplet sirupeux. Il s'installe au comptoir, les coudes entre des auréoles luisantes. Il extrait de son blazer l'étui à cigarettes que lui a offert sa sœur, puis regarde son patron de profil, la saillie couturée sur son arcade sourcilière, ses cheveux clairsemés, poivre et sel, ramenés en arrière. Des photos disposées le long des étagères à verres, le montrent prenant de l'âge, auprès de gloires locales, sur une période couvrant une vingtaine d'années. Sur ces photos figure également le vieux piano dont Jean tente d'obtenir, à longueur de soirée, un peu plus que des sortes d'échos en bout de course, usés, plaintifs. Il repense notamment à ce sol inaudible et qu'il doit éviter quel que soit le chemin plus ou moins alambiqué qu'emprunte son phrasé. Il en vient, ce faisant, à se remémorer le thème avec lequel il a conclu ce soir, mais le son renversant d'une trompette bouchée, un son qui maintenant lui trotte dans la tête, fait barrage aux fadeurs des notes qu'il a jouées. Il a besoin d'être à l'air libre et attire, en bougeant, l'attention de son patron. Ils échangent un regard où chacun cherche dans l'expression de l'autre une attitude à prendre. Peut-être partagent-ils cette douce impression d'ignorer, en partie, les liens qui les unissent. Il y a plus de deux ans que Jean travaille ici six soirées par semaine. Il lui semble pourtant, en cet instant précis, que tous les deux s'interrogent sur le temps que durera encore son contrat. Il fiche entre ses lèvres une autre cigarette et esquisse un sourire. Son patron se redresse, ouvre le tiroir-caisse, puis lui tend une liasse de billets chiffonnés. Jean les prend et d'un geste qu'il regrette aussitôt le retient par le bras. Son patron en sourcille. Il a l'air de croire avoir fait une erreur dans la somme remise. Par un signe de tête, Jean parvient à dissiper ses doutes, puis relâche son bras pour chercher en pure perte quelques mots à lui dire qui pourraient si ce n'est donner sens à son geste, tout au moins réussir à le faire oublier. Son patron demeure auprès de lui, puis soufflant comme quelque pachyderme assoupi mais toujours aux aguets, s'accoude sur le zinc, les mains lâches, ballantes, dans le vide enfumé. Jean aimerait de nouveau le toucher mais ne peut s'y résoudre. S'il osait, il pourrait peut-être s'assurer qu'il n'aura jamais rien à craindre de lui. Il sait qu'il a tenu, avant d'acheter ce bar, une boîte de nuit fermée après une rixe ayant entraîné la mort d'un homme. Il sait également qu'il vit seul mais retrouve, souvent en fin de semaine, une femme aux allures d'ex-meneuse de revue. Peut-être songe-t-il à elle, se dit Jean. Ou peut-être à ce verre qu'il emplit chaque soir aux trois quarts de whisky pour ne pas y goûter, le traînant seulement partout où il va comme un vieil ennemi sur lequel il vaut mieux toujours garder un œil. Jean lui adresse de nouveau l'ébauche d'un sourire, puis tourne les talons et part. Dehors, un vent fort et glacial contre lequel il oppose tout le poids de son corps, balaye le trottoir. Il boutonne son blazer, en remonte le col, puis descend l'étroite rue qui mène au centre-ville. Deux hautains réverbères se balancent en sifflant. Leur lumière rebondit sur le ciel ténébreux pour moirer les fenêtres des immeubles alentour d'un reflet orangé. Il traverse l'avenue qui quelques mètres plus loin, sur sa gauche, longe l'accès à la gare, puis par une passerelle, grinçante, métallique, s'avance au-dessus des rails dont l'éclat semble comme inciser la pénombre. Il s'arrête et observe méditatif les quais éclairés aux néons. Il se souvient de cet après-midi où sur une impulsion niaisement romanesque, il avait au hasard pris un train. Incapable de saisir, après s'être installé dans un compartiment, les motifs d'un tel acte, l'horizon vallonné d'un banal paysage défilant à la fenêtre ne l'avait que davantage aveuglé sur lui-même. Les appels étouffés produits par les pylônes soutenant la caténaire s'étaient étrangement employés à creuser l'abîme qui s'ouvrait en lui chaque fois qu'il pensait à son avenir. Il en était venu à descendre au plus vite dans une gare de triage perdue en rase campagne. Il avait réussi, sous un soleil de plomb, à trouver rapidement une route nationale, puis en sueur et campé devant un grand panneau troué en son milieu par un impact de balle, il s'était rendu compte, assommé, qu'il n'avait parcouru qu'une trentaine de kilomètres. Il parvient maintenant à en sourire, mais, à ce moment-là, n'aurait peut-être pas dû se retenir d'en pleurer. Il détourne ses yeux des quais déserts, et regarde la pluie, commençant de tomber, danser avec le vent. Il quitte la passerelle, dévale un escalier, puis s'abrite sous le porche d'un garage. Face à lui, dans un cadre arrimé au bitume par deux blocs de béton, une affiche décollée flotte comme une voile battue par des bourrasques. Une gouttière régurgite un jus gris sous la forme d'un rideau lamelleux arrosant ses bottines. Il réfléchit au chemin le plus court pour rentrer chez lui, puis s'élance front baissé, les yeux rivés sur les deux ou trois mètres de chaussée qui précèdent chacune de ses foulées. Il sent une coulée comme une main lui descendre lentement dans le dos, mais ne prête pas attention aux auvents des boutiques qui pourraient, par endroits, le protéger. Il halète et pourtant presse encore plus le pas. Ce sont à présent des trombes d'eau qui s'abattent sur lui.

Elles font plus de bruit que le taxi qui le dépasse. Il contourne une place barrée d'une langue boueuse, aperçoit enfin l'angle obscur de sa rue, puis s'arrête au pied d'un vieil immeuble sous un balcon. Il lève les yeux au ciel, et son regard se pose sur l'étroite fenêtre de la chambre de bonne qu'il s'apprête à retrouver. À qui penserait-il si par un coup du sort les contours d'une silhouette devaient s'y dessiner ? Aimerait-il simplement se croire un peu moins seul, et sinon qu'espère-t-il de la nuit qui l'attend ?

— Maman est morte.

— Je sais, dit-elle. Sa voisine m'a appelée.

Jean pressa le combiné jusqu'à en éprouver une légère douleur au lobe de l'oreille. Ses membres s'amollirent, sa vue se brouilla. Son pouls comme soumis à de violents à-coups lui noua la gorge. Il était assis par terre, à même la moquette. Il avait le dos collé au mur et les jambes repliées. La lampe de bureau posée sur son piano et tournée vers la fenêtre distillait une lumière qui se hissait avec peine dans le miroir ovale dominant le lavabo à l'autre bout de la pièce. D'un tiroir entrebâillé de la commode pendaient la manche d'un pull-over, la boucle d'une ceinture, les bords grisâtres et effrangés d'une serviette éponge. Sur l'étroite table basse encore semée des restes de son dernier repas, une partition, sans titre, laissait apparaître des notes griffonnées et dont la course s'interrompait dès le début de la cinquième portée, au milieu d'une envolée qu'il n'avait pu conduire jusqu'à son dénouement et avait nerveusement biffée. L'oreille toujours contre l'écouteur, il entendit le bruissement d'un soupir.

— Jean ?

— Oui ?

— Je vais partir à l'étranger.

Lili repoussa le drap d'un rose délavé la couvrant jusqu'à mi-taille. Elle s'enfonça davantage dans le mol oreiller qui lui servait de dossier, et ramena vers sa nuque une mèche de cheveux humide prise entre le combiné et son oreille. Elle jeta un regard vers sa table de chevet afin d'y repérer son paquet de cigarettes, mais renonça à se donner la peine de l'attraper. À chacun de ses mouvements, le sommier à ressorts couché sur le parquet lui rappelait par ses plaintes, incessantes, aiguës, la lourdeur de son corps. Elle regarda ses pieds ou plutôt ses chaussettes, lâches et boulochées, enfilées après sa douche. Puis ses mollets dont la chair blanche s'étalait sur le matelas comme deux outres flasques. Puis ses cuisses empâtées, à la peau prête à rompre, qu'elle répugnait à sentir l'une contre l'autre.

— Tu ne veux pas savoir où ? demanda-t-elle.

La partition dont le bord en porte-à-faux fléchissait vers la moquette continuait, malgré lui, d'attirer son attention. D'un revers de la main, il la chassa de la table en même temps qu'une alarme retentit dans la rue. Il avait laissé sa fenêtre entrouverte. Un filet d'air froid se lova autour de ses chevilles. Il rapprocha les cuisses de son torse, guettant le moindre souffle qui, par moments, recouvrait le ténu mais constant grésillement de l'écouteur. Il se dit que sa sœur n'était peut-être pas seule, et que c'était ce qui la retenait de parler de leur mère.

— Il faut qu'on se voie.

Lili ne sut que répondre. Elle observa de nouveau ses jambes, puis l'informe bourrelet débordant pesamment de son tee-shirt trop court. Elle tira, comme honteuse, l'ourlet brodé du drap jusqu'à hauteur de son cou, roula sur le côté, puis coinça le combiné entre sa joue et l'oreiller. Au contact de sa tempe, le rond humide qui, sous ses cheveux, appesantissait la taie, commença à tiédir. L'obscurité du couloir menant à la salle d'eau se répandait sur le parquet. Lili fit courir ses yeux sur le sol qui conservait des traces d'eau séchée, puis les fixa sur la toile de ses deux sacs de voyage pleins à craquer. Ils contenaient à peu près tout ce qu'elle possédait. C'était un studio qu'elle avait loué meublé, et les quelques objets qu'avec les salaires de ses petits boulots elle avait pu acquérir lors de son installation, se résumaient à des pièces de vaisselle bon marché qui resteraient ici. Elle allongea son bras envahi sous le poids de tout le haut de son corps d'un léger fourmillement, puis donna de petits coups sur sa table de chevet dont le tiroir sonna creux.

— Lili ?

— Oui.

— Il faut vraiment qu'on se voie.

Elle voulut dire *d'accord* mais en fut empêchée comme si une main lui avait scellé la bouche.

— Lili ?

— Non.

— Pourquoi ?

Il eut du mal à croire qu'elle pût d'une façon aussi catégorique lui refuser quelque chose.

— Tu n'es pas seule ?

Repoussante comme elle se trouvait, songea-t-elle en grimaçant, comment aurait-elle pu être avec quelqu'un ?

— Si, je suis seule.

— Alors donne-moi ton adresse et je passe te voir.

— Non.

— Alors…

— Quoi ?

— Non, rien.

Elle l'entendit craquer une allumette et comprit qu'il venait d'allumer une cigarette. Elle fit la même chose. Dans sa bouche pâteuse la fumée lui sembla prendre un goût amer.

— Jean ?

— Oui ?

— Tu ne voudrais pas jouer quelque chose ?

La bouffée qu'il exhala s'enroula au microphone. Il en tira une deuxième puis regarda l'instrument, bourré d'électronique, qui lui servait de piano. Une couche de poussière rayée sur les côtés par de longues traces de doigts assombrissait son couvercle de verre. Sur le large pupitre qu'un ruban adhésif de couleur argentée consolidait à la base, reposait une chemise, renflée de partitions, d'où dépassait une carte postale. On y voyait la façade d'un célèbre club de jazz dont il lui arrivait, souvent, par le biais de cassettes, d'entendre la rumeur tintante et débraillée. Un musicien noir, au visage luisant de sueur, se tenait adossé à la porte de l'issue de secours. Un saxophone ténor à la culasse posée sur le bout de son pied gauche, il s'appuyait dessus comme sur une canne.

— Jean ?

Il écrasa sa cigarette, et, tout en restant assis par terre, débrancha la prise casque du piano.

— Tu veux bien ? dit-elle.

Elle pensa qu'elle retrouverait ses sentiments pour lui en l'écoutant jouer.

— Oui mais quoi ?

Elle esquissa un sourire. Un air lui vint rapidement à l'esprit, mais elle eut beau chercher, s'en repasser en boucle les premières mesures, le souvenir de son titre ne refit pas surface. Elle hésita un instant à le lui fredonner, mais la crainte de faire des fausses notes l'en dissuada.

— Peu importe, ce que tu veux.

Il se leva et s'empara du téléphone pour le poser sur l'instrument, près du pupitre contre lequel il cala le combiné. À quelques centimètres sur la gauche du clavier, il pressa l'interrupteur de mise en marche. Il s'assit sur une chaise et enfonça quelques touches afin de régler au mieux le volume sonore. Il redressa le dos puis s'étonna à la vue de ses mains qui tremblotaient d'être intimidé. Depuis combien d'années n'avait-il plus joué pour sa sœur ? Il lui fallait remonter à l'époque où ils vivaient encore ensemble chez leur mère pour réentendre sa voix douce, fluette de fillette, l'exhorter à improviser à son piano, même après qu'il avait fait devant elle deux bonnes heures de gammes et d'exercices. Il la revoyait assise, les yeux rivés sur lui et son visage crispé, parfois remuante mais le plus souvent figée, absorbée, oublieuse ou comme privée d'elle-même, peut-être sans autre attente que celle d'être enclose, ensevelie ou portée par les notes entendues. Lui devait-il non pas de s'être initié vers l'âge de dix ans à son instrument, mais d'avoir poursuivi, devenu adolescent, et presque sans aucun cours, son long apprentissage ? Même si dès qu'il s'était essayé à pianoter, la musique avait eu tout de suite comme effet pour lui de combler une part du silence insoutenable entourant depuis toujours l'absence de son père ? Même si de passer, quelle que fût la difficulté, d'un morceau à un autre, l'avait progressivement tiré de son mal-être, rendu apte à s'imaginer fait pour quelque chose, débarrassé de ses envies de disparaître ?

Il desserra les jambes et se pencha vers le combiné pour l'écouter respirer à l'autre bout du fil. Ne percevant rien de plus que le continuel crépitement de l'écouteur, il releva la tête et constata, avec soulagement, que ses doigts avaient cessé de trembler. Il entendit, par avance, les quatre accords en boucle qui pourraient introduire la ballade qu'il allait jouer. Il se lança et procéda aussitôt sur ceux-ci à des renversements pour qu'ils sonnent au plus près de ce qu'il voulait faire passer. Dès l'instant où une note lui paraissait comme accroître la noirceur d'un passage, il insistait sur elle, brodait autour et l'épuisait jusqu'à subitement lui en préférer une autre. Il oublia peu à peu les douleurs dans sa nuque, sous ses doigts le toucher aux nuances factices. N'étant plus même certain du thème qu'il avait voulu jouer, ses mains allaient devançant ce qu'il souhaitait qu'elles fassent, exécutent à l'écoute de ce qui vibrait en lui. Elles paraissaient étrangement lâcher comme une rampe à laquelle il lui semblait s'être toujours tenu. Il voulait se convaincre que ce faisant son jeu était enfin créatif, mais ne trouvait aucun mensonge susceptible de l'y aider. À son vague vertige se substitua alors une forme d'agacement. Il en stoppa net le mouvement de ses doigts sur le clavier, puis, prostré sur sa chaise, reprit le combiné.

— Voilà.

— Déjà ?

— Oui.

— C'était tellement…

— Oui.

— Encore.

— Non.

— S'il te plaît…

Elle avait seulement commencé à se détendre. La paume de sa main pendant au-dessus du sol réfléchissait les couleurs qui muettement bondissaient de sa télévision. Un trait noir, sur l'écran, balayait sans relâche les corps endimanchés des quatre candidats d'une émission de jeu. Une femme explosa de joie, les bras tendus en l'air en signe de victoire. Lili l'observa courir d'un bout à l'autre du plateau pour se jeter, hilare, au cou de l'animateur. Elle éprouva pour elle une profonde gêne, saisit sa télécommande, et appuya sur le bouton d'arrêt. L'écran s'éteignit avec un bruit d'écume dont on eût dit entendre les bulles se crever. Elle ferma les yeux et l'empreinte que conservèrent ses rétines se dilua dans un halo rosâtre.

— J'attends, tu sais ? fit-elle.

Il perçut dans le ton de sa voix des sanglots étouffés.

— Je sais.

Il soupira et plaça de nouveau le combiné contre le pupitre. Il avança sa main gauche au-dessus du clavier, puis l'abattit sur les basses pour accomplir l'arpège syncopé d'un accord en mineur. Aux sons que déversèrent les baffles disposés au niveau de ses cuisses, lui semblèrent s'ajouter, déliés et puissants, ceux d'une contrebasse. Il tapa du pied pour battre la mesure, et imagina en plus le bruit du frottement entraînant et feutré de balais sur la peau d'une caisse claire. Il n'avait qu'à se reposer sur ces deux accompagnements pour finalement trouver quelque chose à jouer. Il se sentit, à leur écoute, libéré de ce que trop souvent, impuissant et confus, il ne faisait que ressasser. Il sourit et ses mains conclurent presque l'une sur l'autre la parade à laquelle elles s'étaient comme livrées.

Il avait fièrement soufflé ses huit bougies la semaine précédente. On était en hiver, la nuit venait de tomber. Ce serait bientôt l'heure, et, songeant à ce qu'il allait comme dans un rêve retrouver, découper et classer jusque tard dans la soirée, des frissons le traversaient. Du salon où il était, enfoncé dans un fauteuil, vêtu d'un pyjama depuis longtemps trop petit pour lui, rongé à l'encolure, troué à l'entrecuisse, mais auquel il tenait presque autant qu'à sa peau, Jean entendait sa mère qui, dans la salle de bains, s'apprêtait pour sortir. L'odeur poivrée, capiteuse d'un parfum dans le flacon duquel elle semblait s'être trempée, se répandait telle une vague ou l'écho d'une note sans fin dans tout l'appartement. Le tintement cristallin de l'étagère vitrée, sur laquelle elle devait fouiller dans sa boîte à bijoux, lui faisait penser aux bruits d'un combat opposant ses armées de soldats de plomb. Il tenait dans ses mains le premier volume d'une bande dessinée narrant l'Histoire de

France. Le livre ouvert en son milieu et posé sur ses cuisses, les personnages représentés lui paraissaient tellement ternes comparés aux photos qui l'attendaient, qu'il les voyait à peine, promenant sur eux et leurs dialogues interminables un œil blasé, dédaigneux. Enfermée dans la cuisine, la chatte qui s'était tue pendant un long moment se fit de nouveau entendre. Moins par des miaulements qu'une sorte de plainte qui avait selon lui quelque chose d'humain. On lui avait dit que l'animal était en chasse, et, devant son air perplexe, expliqué en deux mots ce que cela signifiait. Il tenta d'atténuer la gêne qu'il éprouvait à l'écouter appeler en collant une oreille contre l'appuie-tête du fauteuil. Sur la bande lumineuse qui barrait, de bas en haut, le mur auquel il faisait face, un voile parut tomber. Sa mère quittait enfin la salle de bains, déjà chaussée, le bruit de ses talons qu'il savait être hauts, effilés et gainés d'une langue de cuir, résonnant quelques secondes depuis l'étroit dressing avant de se rapprocher. Elle apparut couverte d'un long manteau ceinturé à la taille, et se tint, immobile, dans l'embrasure de la porte. Les yeux rivés sur elle, il regrettait qu'une ombre posée sur son visage le privât d'apprécier le soulignement de sa beauté par du maquillage. Il devinait quand même l'épais bandeau plissé maintenant en arrière sa longue chevelure. Il devinait aussi les deux mèches ondulées, sûrement frisées au fer, qui partaient de son front et dansaient, immatérielles, au moindre de ses mouvements. Elle sortit de sa poche une paire de gants. Leurs longs doigts flétris évoquaient ceux d'un mort cuisant depuis des siècles sous un soleil de plomb. Elle prit son trousseau de clefs qui pendait à un clou planté dans le support du compteur électrique. Elle se tourna ensuite vers ce qui faisait office de vestibule – fragment d'obscur et sinueux couloir dans lequel s'entassaient des chaussures, des piles de revues, du linge à repasser et un portemanteau aux branches rachitiques –, puis, d'une voix égale et dégagée, comme un enfant réciterait ou plutôt débiterait quelque poème appris par cœur, elle lui fit une série de recommandations. Elle lui dit de veiller sur le sommeil de sa sœur qui n'était pas encore rétablie d'une angine. Elle lui dit d'arrêter sur-le-champ sa lecture, d'aller se brosser les dents puis de se mettre au lit. Elle lui dit de bien vouloir ne pas quitter sa chambre s'il l'entendait rentrer, de ne pas davantage venir la réveiller trop tôt le lendemain matin, et enfin de garder la fenêtre de la cuisine fermée s'il voulait éviter que la chatte ne rameute tous les chats du quartier, voire prenne avec eux la poudre d'escampette. Il voulut lui sourire d'un sourire mystérieux susceptible de soulever chez elle de la défiance. Pourtant, sans trop savoir pourquoi, il n'y arriva pas. Il se borna à baisser la tête et feindre de trouver son livre subitement digne d'un grand intérêt. Elle pivota sur ses talons, offrant un court instant aux lueurs du salon la finesse de son profil savamment ou plutôt artistement relevée par la poudre d'un fard. Il attendit qu'elle eût fermé derrière elle la porte d'entrée à double tour, puis courut dans le parfum de son sillage. Il la regarda, par le judas, descendre l'escalier. Avec sa main gantée qui glissait sans un bruit le long de la rampe, on l'aurait cru tenir le bras de quelque roi, invisible, ailé, et fouettant l'air à côté d'elle au-dessus du vide pour l'escorter. Il ne vit plus ses jambes. Puis sa taille qui malgré l'épaisseur des plis de son manteau restait fine et cambrée. Puis ses longs cheveux blonds, abondants, cendrés, et bientôt engloutis sous l'arête d'une marche. Il s'était hissé sur la pointe des pieds, et se laissa, guetté par une crampe, lourdement retomber. Il repensa à ses photos, et, pour plus de sécurité, ne pas être surpris en train de s'adonner, dans un état second, à leur contemplation, glissa une clef dans la serrure. Il se frotta les mains et se dirigea vers les toilettes. Il y ouvrit une petite armoire, s'empara d'un tournevis cruciforme, puis, juché sur le couvercle rabattu des WC, démonta la grille fermant la niche du compteur d'eau. Quatre vis fichées entre les lèvres, il étendit le bras pour attraper, derrière la tuyauterie rouillée, une chemise à rabats. Il serra celle-ci entre ses cuisses le temps de rajuster la grille, puis il gagna sa chambre, en ferma la porte, et la bloqua avec un tabouret. Il alluma le plafonnier. Il s'assura qu'aucun bruit ne venait de la chambre de sa sœur, et s'assit, jambes croisées, à même le sol. Selon une manière de procéder qu'il voulait la plus ritualisée possible, il compta jusqu'à dix avant d'ôter l'élastique du haut de la chemise, puis jusqu'à vingt pour faire glisser celui du bas. La couverture cartonnée se souleva d'un pouce. Il en pinça le bord puis l'ouvrit carrément, sentant l'air qu'elle chassa lui frôler le visage. Il sourit béatement, cessa de respirer, puis ses yeux se perdirent dans l'analyse fouillée du corps à peine vêtu d'une brune affolante. La place de ce cliché sur papier glacé au sommet de la pile tenait à tout sauf au hasard. C'était sa photo favorite. Celle qu'il prévoyait de conserver précieusement jusqu'à la fin de ses jours. Celle qu'il emmènerait sur une île déserte, et pour laquelle il serait prêt à braver tous les dangers si d'aventure un incendie se déclarait dans l'appartement ou embrasait l'immeuble. Le court blouson de cuir noir, pourvu de coudières, matelassé aux épaules, qu'elle portait ouvert sur sa poitrine de rêve, prouvait que comme lui, ce dont il jubilait, elle vouait une vraie passion pour la moto. On l'avait d'ailleurs photographiée dans un atelier de mécanique. Un atelier probablement surchauffé et qui avait fait perler des gouttelettes de sueur depuis le creux ombré entre ses seins, jusqu'au corset, passementé, couvrant sa taille. Elle avait fixé l'objectif. Une main posée près de sa bouche faussement boudeuse. L'autre indiquant, l'index tendu, ce qui devait nécessairement attirer l'œil tout en se dérobant à lui. Légèrement tournée de côté, des jambes aussi interminables que collées l'une à l'autre, on ne voyait, en effet, de sa toison, que la naissance frisottée et dominée par le renflement bouleversant du bas de son ventre. Il ne se lassait pas de se féliciter d'une telle recherche dans sa pose. C'était à l'évidence une femme de goût, et il se méprisait, un jour d'égarement, d'avoir pu la montrer à l'un de ses camarades. L'abruti s'était précisément moqué de son attitude, aveugle à cet élan de pudeur maîtrisé la dotant en dépit des traînées de cambouis qui maculaient sa peau blanche, d'un charme si subtil, unique, terrifiant. Il regrettait également de n'avoir que ce cliché d'elle, et jalousait le photographe qui avait eu le privilège inouï de l'approcher. Connaissait-il, cet autre benêt, son numéro de téléphone ? Avait-il à la simple vue de son blouson lui aussi deviné qu'elle adorait la moto, les virées fantastiques, les freinages contrôlés ? Il fit non pour lui-même. Tournant la tête assez de fois et rapidement que sa vision se troubla. Il posa cette photo sur sa descente de lit et s'intéressa aux suivantes. Il repoussa d'abord, sans trop de ménagement, celle d'une domestique d'une autre époque. Une blanchisseuse qui feignait, dans une première scène, de découvrir surprise, sa robe retroussée, qu'elle avait oublié d'enfiler une culotte, et qui ensuite, à quatre pattes, savonnait un caleçon d'homme en se mettant de la mousse plein les cheveux, dans les yeux, la bouche. Il sentit, toutefois, son sexe se durcir. Or, faute de ne savoir qu'en faire ailleurs que sous sa douche où il ne manquait plus, depuis plusieurs semaines, de connaître l'extase en orientant les jets du pommeau dessus, il passa à l'examen d'autres clichés sur lesquels figuraient non plus une mais trois femmes ensemble. Certains tableaux un rien floutés, c'était ardu de s'y retrouver un peu, savoir qui était qui, qui faisait quoi et dans quelle position. Fermant toutes les yeux, ce sur quoi, les contemplant, il s'attarda, c'était les lignes sombres et rentrées qui marquaient le passage d'un corps à l'autre, ou sillonnaient le creux d'un dos, d'une aine, de lèvres fardées ou verticales. D'éprouver, devant elles, un bonheur douloureux, ne faisait à ses yeux qu'accroître le mystère des caresses auxquelles elles semblaient s'adonner, moulées dans leurs corps blancs, glabres et duveteux. Elles étaient irréelles, façonnées pour l'ivresse, et, comme la blanchisseuse ou même sa favorite, certainement prêtes à tout. Rien de ce qu'on aurait pu lui apprendre à leur sujet ne l'aurait étonné, excepté, peut-être, qu'elles fussent mères. Qu'une telle réflexion l'eût au reste effleuré entama son plaisir. Le visage assombri, il en mordit l'intérieur de ses joues. La fête commençait d'être gâchée et en plus il se souvenait maintenant de l'infâme revue qu'il avait un beau jour trouvée dans un entrepôt désaffecté. Revue qu'il avait eu le malheur de feuilleter le temps d'apercevoir le corps de plusieurs hommes, aux verges à faire trembler, assaillir avec hargne celui d'une pauvre rousse. Ayant eu le sentiment d'avoir entre les mains la preuve d'un crime odieux, il s'était tout de suite précipité chez lui pour la tendre, en sanglots, à un ami de sa mère. L'homme lui inspirait confiance. De lui remettre *la chose* aux pages gondolées et ternies par le temps l'avait plus que soulagé. De le voir lui sourire, en l'entendant lui dire qu'il était un peu jeune pour ce genre de photos, l'avait comme dédouané de l'impression de s'être étrangement compromis dans une sorte de carnage. Cet homme – ce fut ce qu'il s'était dit pendant quelques semaines avant d'abandonner, au bénéfice d'un autre, une telle hypothèse – était peut-être son père. Ça le réconfortait de repenser à lui, mais soudain résonna, le faisant sursauter, le bruit d'un verre ou d'une assiette se brisant sur le sol, le carrelage de la cuisine. La chatte, songea-t-il, faisait probablement des siennes. Il crut de nouveau entendre ses obsédants miaulements, et redouta, si ce n'était déjà fait, qu'elle ne réveillât sa sœur. Il devait vérifier, avant toute autre chose, que cette dernière dormait encore. Il rangea pêle-mêle ses pages de magazines sous son lit, puis sortit de sa chambre pour se glisser en silence dans celle de Lili. Une couette la couvrait jusqu'au menton. Il n'entendait rien de son souffle soulevant par instant la mèche de cheveux accrochée à ses lèvres. Son sommeil semblait lourd, profond, imperturbable. Il s'avança près d'elle et, doucement, s'accroupit afin que son visage fût à hauteur du sien. Depuis qu'elle fréquentait la même école que lui, il passait la plupart de ses récréations à espérer que quelques malotrus lui fassent des misères pour se ruer sur eux et les assommer un par un à coups de poing. Tout chez elle, cela étant, comme ses jeux stupides, ses airs joyeux, ou sa façon de le coller en permanence, l'exaspérait. Il approcha une oreille à quelques centimètres de sa bouche. Il perçut son haleine, sans odeur et humide, lui caresser la joue. Il hésita à soulever sa couette pour s'étendre près d'elle, puis posa les yeux sur une photo qui trônait dans un cadre sur la table de chevet. Lili n'avait pas, elle, à se chercher un père. Ce dernier figurait, dans le cliché en question, au premier plan contre elle. Il avait eu l'occasion de saluer cet homme à trois reprises en moins d'un an, où, pendant toute une journée, depuis tôt le matin jusque tard dans la soirée, il avait profité pleinement de chaque heure sans avoir comme toujours l'autre sotte dans les pattes. Pour rien au monde, la voyant revenir, il ne lui aurait demandé où son père l'avait emmenée, ce qu'ils s'étaient dit, ni quoi que ce fût d'autre. Il était convaincu que cela ne méritait pas qu'il s'y intéresse, et sa sœur se gardait bien toujours de son côté d'en dire quelque chose. Elle paraissait même, les jours suivants, réprimer quelques rires, s'arrêter de jouer dès qu'il allait vers elle pour prendre devant lui un air comme un peu triste. Il se chargeait alors qu'elle le fût réellement, triste, car il ne souffrait pas qu'elle pût se croire en mesure de se payer sa tête, cacher aussi nullement qu'elle se sentait heureuse. Il prenait l'une de ses poupées par les cheveux, et la secouait jusqu'à ce que ceux-ci se décrochent par touffes du crâne caoutchouteux. Une blonde élancée dont les formes manquaient, pour être vraiment parfaites, d'une paire de mamelons, fit assez de fois les frais de pareilles représailles qu'elle était devenue chauve, couverte sur la tête de rangées de trous noirs d'où débordaient des restes de colle séchée en guise de cervelle. Il fit courir ses yeux vers le coffre à jouets afin de retrouver la trace de cette poupée. Il put l'apercevoir, malgré l'obscurité, assise sur le rebord d'une chaise d'enfant. Vêtue d'un gant de toilette noué au-dessus des seins et coiffée d'un mouchoir, on ne voyait plus rien du mal qu'il lui avait fait. Sa sœur, pensa-t-il en se tournant une nouvelle fois vers elle, savait quand même s'y prendre pour effacer le bilan consternant des colères qu'il lui arrivait d'avoir. Il lui en était, comme en cette seconde, parfois reconnaissant. Il voulut appliquer, en signe de gratitude, les lèvres sur sa tempe, mais remarqua, peiné, la marque sombre et concave qu'un jour en enfonçant un ongle dans sa joue il lui avait laissée. Cette agression qui remontait à des années, sa mère ne manquait pas, dès qu'il était en colère, de la lui rappeler. Cette cicatrice, avec le temps, il la traînait derrière lui comme un boulet, la preuve trop évidente qu'il n'était finalement peut-être qu'un minable, un moins que rien. Il en vint à souhaiter que sa mère rentre séance tenante. Il avait non seulement envie qu'elle le giflât de ne pas être couché, mais aussi qu'elle découvre, écœurée et furieuse, les photos sous son lit. Ce qu'il pouvait, à tout le moins, accomplir à présent pour sa petite sœur, c'était de protéger coûte que coûte son sommeil. Il allait, dans ce but, s'occuper de la chatte qui s'était remise à gémir de plus belle. Il coupa par le salon et s'enferma dans la cuisine. Sous l'intense et soudaine lumière des néons, la bête se figea, silencieuse, tassée, les yeux levés vers lui dans un effort étrange, visiblement douloureux. Il voulut la caresser, s'accroupit près d'elle, mais il eut juste le temps de toucher au soyeux de sa robe qu'il la vit se cambrer, plier les pattes avant, lever la queue et l'arrière-train. Il ne put se retenir d'effleurer d'une main sa croupe ainsi offerte. Sur ses doigts que pourtant il retira en hâte, coula comme un liquide dont la viscosité pareille à un crachat lui parut une offense faite à son calme extrême. Il en repoussa la chatte d'un coup porté sur son flanc droit. Elle en râla et se tordit au milieu des bris de verre de la carafe qu'elle avait sans doute dû faire tomber du bord de la table. Il bondit sur ses pieds, s'empara d'un balai, puis, malgré lui, réentendit sa mère lui dire de garder la fenêtre fermée. Il fut alors au-dessus de ses forces de ne pas aller l'ouvrir en grand. La chatte se redressa, grimpa sur son rebord, mais, loin de s'aventurer sur la corniche, elle resta là, à geindre sous ses yeux, se frottant lascivement contre une jardinière. Il lui donna, cette fois, un coup sec sur la tête. Elle retrouva tout de suite le sol de la cuisine. Il commença de balayer, mais elle s'accrocha à la brosse pour en mordre les poils. Il voulut attraper la pelle sous le buffet, or elle le devança, freina son mouvement en s'affalant comme un poids mort sur celle-ci. Il s'agenouilla et entreprit de ramasser les éclats de verre pour les jeter, un par un, à la poubelle. Il serra certainement l'un d'eux un peu trop fort et regarda perler, du milieu de son pouce, des gouttelettes de sang étoilant le carrelage. Il prit sur lui de ne pas réagir à la plainte que l'animal dans son dos fit de nouveau grincer à ses oreilles. Il se contrôla encore quand il perçut sa queue lui frôler les orteils, mais pas quand une griffe s'enfonça dans sa cuisse. Il se retourna, se ressaisit du balai, et lui assena un coup de manche sur le dos. La bête chancela, le dévisagea hébétée, puis, comme il arma son bras en poussant un grognement, courut se réfugier à plat ventre sous le meuble de l'évier. Il lisait dans ses yeux, ses pupilles rougies, dilatées, ce que lui-même éprouvait, à savoir une infinie terreur. Il chercha quelque chose comme un souvenir heureux qui pût le retenir d'aller trop loin, commettre l'irréparable, mais rien d'autre que le choc du sang battant ses tempes ne résonnait en lui. Il s'avança vers la chatte, et, plaquant au sol la monture de la brosse, fit riper celle-ci d'arrière en avant pour la frapper aux pattes, l'aplatir à chaque reprise plus violemment contre les plinthes. Il n'aurait pas su dire à qui d'elle ou de lui il faisait le plus mal. Des larmes brûlèrent ses joues, il en durcit son bras, et, au dernier son comme étouffé que rendit le ventre de la bête, il crut l'avoir tuée. C'est alors que lentement, hirsute, une patte inerte et comme brisée, elle trouva l'énergie de gagner le couloir. Il la suivit des yeux, puis, le souffle entrecoupé, les fixa sur sa sœur qui se tenait, interdite, sur le pas de la porte. Il voulut dire quelque chose mais s'étrangla. Il aurait aimé disparaître, s'évanouir comme un spectre aux pouvoirs sans limite, mais ne parvint qu'à cacher son visage dans ses mains.

D'étroites boules de coton placées entre ses doigts de pieds, Lili passait de l'un à l'autre pour en vernir les ongles d'un rose pailleté. Il arrivait que dans la couche de laque cédât un poil du court pinceau planté dans un bouchon gris clair. Elle savait, à l'aide du pli doublé d'un mouchoir en papier, venir à bout de la moindre coulée menaçant de déborder mollement sur sa peau. Sa chambre sentait fort encore le dissolvant qu'elle avait dû, pour commencer, utiliser. Sa radio était éteinte. Elle avait aperçu, avant de s'enfermer, sa mère dans le salon, le corps abandonné ou plutôt comme livré aux bras d'un vieux fauteuil, regardant d'un œil las une émission de variétés dont lui parvenait le bruit des ovations. Elle ferma et posa son flacon de vernis sur le magazine tenant lieu de support suffisamment rigide à même son couvre-lit, attendit que s'écoule une paire de minutes, puis, après s'être assurée, du bout de son index, que ses ongles étaient secs, ôta les morceaux de coton. Elle déplia un mouchoir en papier, les regroupa dans celui-ci, jeta le tout dans une corbeille, et fit glisser sur ses épaules le haut de son peignoir. Les murs qui l'entouraient et qu'en cette minute elle tentait d'observer avec un regard neuf, un regard détaché de ce que l'habitude finit par recouvrir d'un d'écran presque opaque, conservaient les vestiges accolés sans aucun ordre chronologique d'à peu près tout ce qui avait pu compter dans sa vie alors qu'elle entrait dans sa vingtième année. Ainsi, à côté du poster gaufré et jaunissant d'un des nombreux chanteurs qui l'avaient exaltée durant l'adolescence, se trouvaient ses premières peintures, celles de bonhommes en forme de têtards dont les couleurs, primaires, restaient vivaces. D'une tablette fixée au-dessus d'un chiffonnier sur laquelle s'amoncelaient des peluches amorphes, on passait en allant du regard vers la droite à l'angle d'un miroir auquel était pendu un tour de cou en dentelle. Sur ce même miroir, luisaient sur les côtés couverts d'autocollants aux motifs infantiles, les empreintes rouge fraise que d'une bouche entrouverte et par jeu maquillée outrancièrement, elle y avait appliquées. Deux soutiens-gorge accrochés aux patères de la porte décrivaient l'arrondi généreux de ses seins au-dessus de la poignée qui retenait elle-même, du bout de leurs rubans, ses premiers chaussons de danse. Elle fixa les yeux sur eux, leurs pointes effilées, leurs cordons grisonnants, et regretta de ne pas avoir gardé toutes les autres paires, chaque fois un peu plus grandes, leur ayant succédé. Peut-être que ces dernières mises par ordre de croissance les unes près des autres auraient rendu tangible le défilé des années mieux que tous ces objets dont elle venait de faire un rapide inventaire. Elle regretta aussi d'avoir déchiré comme pour se libérer d'un vœu inaccessible, les quelques clichés d'elle la montrant, en sueur, dans différents ballets. Elle ne parvenait pas à simplement saisir le fil des évènements qui l'amenait, ce soir, à devoir aller poser pour des photos de charme. Elle ôta son peignoir et se planta nue devant son miroir. Son corps ne lui faisait pas encore payer qu'elle ait complètement arrêté de danser. Elle restait sculpturale, longiligne et musclée. Le modelé de ses jambes, la finesse de sa taille paraissaient dénier que depuis plusieurs mois elle ne bougeait plus que pour de courtes promenades, sans but, dans le centre-ville. Le maintien de ses épaules ou celui de sa tête rendaient assez peu crédible que ses projets d'avenir se soient progressivement vidés de leurs attraits. Eût-il fallu qu'en cet instant la trajectoire d'un mouvement émergeât à sa conscience pour qu'aussitôt, l'exécutant, un nouveau souffle redonnât vie à tous ses rêves ? Continuant, inerte, à scruter son reflet, elle en vint à se dire qu'une sorte de confiance, de foi aveugle moins en elle qu'en une puissance floue, quelque chose d'indéfini, quelque chose l'accompagnant depuis l'enfance, l'avait tout bonnement quittée. Quelque chose qui avait pu, au fil du temps, tour à tour prendre les traits de son père, de son frère, le tracé d'une chorégraphie, ou encore le dessin des courbes de sa silhouette muant avec harmonie. Quelque chose qui avait peut-être trop été tributaire d'une image pour demeurer intact, ne pas se défaire en réseau d'infimes craquelures qu'aucun mot, ni souvenir, ne pourraient plus reprendre. Elle pivota d'un quart de tour sur ses talons, se hissa sur la pointe des pieds, et, les yeux toujours braqués sur le miroir, cambra les reins jusqu'à ce que sa pose lui paraisse grossière. Elle pressa sa taille, puis de la même façon que s'il s'était agi pour elle d'estimer le poids d'une marchandise, souleva et laissa retomber sa poitrine. Son corps l'encombrait. Le plaisir que savaient en tirer les hommes qu'elle croisait n'était plus en mesure de refréner son malaise croissant de ne savoir qu'en faire. Elle pensa à sa mère qui depuis des semaines menaçait de l'obliger à faire ses valises et de la ficher dehors. Elle songea à l'appeler, sans changer d'attitude, pour que la voyant ainsi, aguicheuse, obscène, elle trouvât une raison d'encore se plaindre d'elle, ou, à l'inverse, l'occasion de l'aider, de la protéger en lui interdisant de sortir. Elle entendait de nouveau des battements de mains retentir depuis le salon, et se dit qu'elle allait plus simplement la rejoindre afin de lui parler de son hésitation à se rendre toute seule, à l'autre bout de la ville, à cette séance photo. Elle prit dans un tiroir la culotte qu'elle avait cependant achetée pour l'occasion, retourna devant le miroir et l'enfila. Elle plaça au-dessus de ses hanches deux nœuds en organza et plus bas le ruban de broderies froncées qui maintenait un triangle de tulle contre son pubis. Elle eut le sentiment d'être avec cette culotte presque plus nue que sans. Le sillon entre ses cuisses, qui se scindait en deux aux plis des aines, ne fit qu'accentuer cette impression. D'où que le regard parte, du ventre ou de ses jambes en passant par sa taille, tout semblait réuni pour qu'il s'oriente immanquablement vers son sexe. Coller de cette façon à ce que la plupart des hommes voulaient voir d'elle l'accabla. Elle recula et se rassit sur le bord de son lit. La tête lui tourna, elle croisa bras et jambes. Hormis un jus de fruit en fin d'après-midi, elle n'avait rien avalé depuis le matin. Elle devait aller se chercher à la cuisine quelque chose à manger, et cela lui donnerait en outre, en traversant le salon, une bonne raison pour approcher sa mère. Elle se leva, et, après avoir ouvert sa porte, aperçut tout de suite, tressautant et bleuté, le halo lumineux de la télé fondre sur elle. Elle en remonta le flux dont les couleurs mêlées semblèrent s'intensifier à chaque pas qu'elle fit. Elle retrouva sa mère comme une bonne heure plus tôt elle avait pu la voir. Immobile. Éteinte. L'œil vissé à l'écran. Coulée dans le rembourrage par endroits apparent et creusé d'un des deux fauteuils de velours. Elle attendit en vain qu'elle sentît sa présence, le poids de son regard, et qu'elle se tournât vers elle. Elle franchit lentement, sans plus de résultat, l'invisible cordon qui avait l'air de la relier aux images de la télé. Elle tâcha d'accomplir, tout aussi lentement, les derniers mètres qui la séparaient encore de la cuisine, et c'est à ce moment-là que sa mère se manifesta par un souffle agacé. Elle s'en sentit meurtrie, pénétra dans la cuisine, et se dirigea, sans avoir allumé, vers le réfrigérateur. Elle l'ouvrit, jeta un œil sur les restes d'un plat dont le gras refroidi recouvrait un bout de viande d'une gangue cireuse, puis saisit, tout en bas de la porte étagère, une brique de lait ouverte. Elle porta à ses lèvres le triangle en carton au sommet déchiré par les dents d'un couteau. Elle but à petites gorgées et reprit peu à peu espoir de parler avec sa mère. Elle regagna le salon et s'immobilisa au milieu d'un tapis. L'œil que sa mère porta alors sur elle en secouant la tête la pétrifia. Elle se serait giflée d'être là presque nue devant elle. Elle avait l'impression ainsi de ne plus pouvoir juste cacher ses pensées. À son tour elle secoua la tête non pas tant par dépit que pour se persuader d'être encore aux commandes de ses propres mouvements. Elle échoua à soutenir le regard que sa mère planta froidement dans le sien, et entendit, les yeux baissés, enfin sa voix.

— C'est dans cette tenue que tu pars retrouver ton frère ?

Elle ne sut que répondre et recula comme sous l'effet d'un coup porté à son visage.

— Qu'est-ce que tu…

— Tu sais très bien ce que je veux dire.

Ce n'était pas la première fois que sa mère proférait de tels sous-entendus, de telles allusions écœurantes et n'appelant pas la moindre réplique. Dans quel repli de son cerveau malade inventait-elle ce genre d'obscénités ? Même à considérer que dans son désespoir, le vide de sa vie, elle perdait la raison, quel profit tirait-elle à ainsi attaquer, déformer, souiller les sentiments que ses propres enfants nourrissaient l'un pour l'autre ?

— Mais…

— Tâche au moins de lui soutirer un peu d'argent. J'en ai assez de tout payer pour toi.

Elle eut envie d'hurler, s'abaisser à pleurer, mais put se contrôler en repensant à ce qu'elle avait prévu : ce qu'elle empocherait à se faire photographier, lui permettrait de prendre, au moins pour quelques nuits, une chambre d'hôtel.

— Tu sais ce qu'il te dirait, mon frère, s'il n'était pas parti ?

Voyant de nouveau sa mère ne plus daigner la regarder, puis extraire, à la hâte, deux gélules d'une plaquette de calmants pour les avaler sans même une gorgée d'eau, elle rumina l'invective qui lui était venue avec des maux de ventre. Elle retourna dans sa chambre et y couvrit son miroir d'une serviette éponge. Elle n'avait plus envie de voir se refléter son image, coupable, à ses yeux, de s'être d'une certaine manière interposée entre elle et sa mère. Elle prit, sur l'étagère d'une armoire, ses vêtements, et se rassit sur son lit pour enfiler une paire de bas. Au contact du nylon qu'elle lissa à deux mains de ses chevilles aux cuisses pour en faire disparaître presque un à un les plis, un léger picotement lui parcourut la peau. Elle attendit qu'il cesse, ne prenant pas le risque en se grattant de filer sur le tissu moiré une maille du bout des ongles. Elle fourragea d'une main ses longs cheveux dénoués, se leva, passa par la tête une robe fourreau au décolleté en cœur, de couleur crème et en mohair, ouvrit un poudrier, et se servit de sa glace pour se maquiller. Elle souligna le contour de ses yeux d'un trait noir et luisant, ombra ses paupières, épaissit ses longs cils avec du mascara, balaya d'un pinceau, enduit de fard à joues, ses pommettes saillantes, puis, un moment hésitante sur le choix d'un rouge à lèvres, s'en tint à faire ressortir le dessin de sa bouche en suivant d'un crayon, à mine violacée, les contours de celle-ci. Elle éloigna le miroir afin de s'y regarder, ainsi fardée, une dernière fois, et crut apercevoir le masque de sa mère soudainement rajeunie plaqué sur son visage. Elle en referma d'un geste brusque le poudrier, arpenta fébrilement sa chambre, puis manquant de cogner du pied son sac de danse, l'ouvrit et y entassa, pour les jours à venir, quelques vêtements de rechange. Dès qu'elle eut terminé, elle passa un ciré, en noua la ceinture, chaussa des escarpins vernis, et perçut le tintement que dans une poche raglan fit son trousseau de clefs. Sans savoir quelle tournure prendrait cette soirée, elle ne pouvait envisager de vivre encore ici. Elle éteignit la lumière, cala sur son épaule les anses de son sac, et, rendue dans le vestibule, renonça à l'idée qui lui était venue d'y abandonner ses clefs, se contentant d'ouvrir puis de claquer la porte violemment derrière elle. Elle dévala les escaliers aussi rapidement que la hauteur de ses talons le lui permit. Dehors, au pied de l'immeuble, elle vit son souffle, avec le froid, moutonner dans l'air gris, et n'eut qu'à faire quelques pas pour attendre puis monter dans un bus. Compostant son ticket, elle détourna le regard de celui du chauffeur qui dans le rétroviseur s'attarda sur ses jambes découvertes jusqu'au-dessus des genoux. Elle prit place sur la banquette du fond et colla sa tempe contre la vitre, les yeux tournés vers l'extérieur. Cahotée par les brusques et répétés freinages du conducteur, elle ne remonta aucun boulevard, ne traversa aucun quartier, sans se dire un instant, le temps d'une pensée, toujours la même, toujours fugace, qu'elle pourrait facilement imaginer s'y installer, y habiter. Le ruban de bitume commençait de se dérouler sans heurts quand elle reconnut la rue qu'elle allait devoir rejoindre. Elle se releva sous l'œil toujours avide du chauffeur, et fut seule à descendre à l'arrêt demandé. Elle rebroussa chemin sur une centaine de mètres, obliqua sur sa gauche pour suivre un long trottoir, puis tira de sa poche le papier chiffonné où figurait l'adresse du photographe. Elle vérifia deux fois que le numéro écrit était aussi celui du bâtiment trapu aux allures d'atelier ou d'ancien entrepôt fraîchement ravalé qui se dressait devant elle. Découpé dans ce qui avait dû être le rideau métallique d'une sortie de garage, le chambranle d'une porte pompeusement ornée d'une frise centrale jouxtait un pilier de bois percé d'un interphone. Elle contourna une grille d'égout pour en presser le bouton. L'écho d'une sonnerie retentit étouffé, puis une voix éraillée, peut-être féminine, lui demanda d'entrer en poussant d'un coup sec. Elle eut juste le temps d'entrevoir les cloisons tendues d'étoffes rouges et offrant à l'éclairage d'une rampe de projecteurs le décor d'une chambre, qu'une femme âgée mais belle, fendue d'un grand sourire, vint l'accueillir. Aux mots que celle-ci lança avec chaleur tout en lui écartant du bord de l'œil quelques cheveux épars, elle fut presque tentée de se blottir dans ses bras. Elle se laissa, les yeux mi-clos, débarrasser de son ciré, puis ensuite entraîner vers une sorte de local d'où fusèrent des rires. Elle y reconnut le photographe. Il coupa soudain court aux propos qu'il tenait pour s'approcher d'elle et lui serrer la main. De la table, en retrait, d'où il s'était levé, la regardaient deux hommes, amusés, silencieux. Le plus jeune, au front bas, vêtu d'un jean et d'un sous-pull qui épousait étroitement les muscles de son torse, lui souhaita, adossé à une pile de cartons, la bienvenue. Le deuxième lui adressa un clin d'œil, puis cessant de porter à ses lèvres épaisses le goulot d'une bouteille de bière, pétrit à pleine main son visage empâté. Elle essaya, non sans peine, de ne pas s'interroger sur la raison de leur présence, et se figura qu'ils seraient probablement partis dès que la séance photo débuterait. Ses yeux glissèrent toutefois sur le visage du photographe pour n'y trouver qu'un air gêné, un regard fuyant. Rencontré peu de jours auparavant par l'entremise d'une vague amie, cet homme lui avait-il fait comprendre, sans le lui dire vraiment, qu'elle allait devoir poser pour tout autre chose que de banales photos de charme ? Aurait-il fallu qu'elle réussisse à se souvenir de toute la discussion qu'ils avaient eue ensemble pour s'avouer ce qui peut-être l'attendait ? Dans l'incapacité de plus en plus profonde d'en vouloir à quelqu'un si ce n'est à elle-même de se retrouver ici, elle devait accepter, comme une punition, le sort qu'on lui réservait. Elle ne dit pas un mot puis perçut à nouveau, avec soulagement, le contact de la femme. Celle-ci, la prenant par la taille, la conduisit cette fois dans une pièce sans personne. Elle la fit s'installer devant une coiffeuse dont le miroir ovale, éclairé par deux spots, lui renvoya encore le masque de sa mère. Elle s'obligea à ne pas s'en détourner, puis regarda, sous les traits de pinceaux qu'utilisa la femme, disparaître avec lui ce que son maquillage avait eu de discret. Son reflet devenant vulgaire et pathétique, elle se fit la réflexion qu'il collait de mieux en mieux à l'image de sa vie. Elle resta insensible aux nombreux compliments qu'alors lui fit la femme. Elle ne s'opposa pas à ce qu'elle la déshabille, puis l'observa l'enduire d'une huile parfumée sans qu'il n'y ait plus trace de douceur dans ses gestes. Elle chercha en pure perte, comme avec le photographe, à recroiser son regard. La femme s'essuya les mains avec des serviettes en papier, referma le flacon d'huile, et lui fit regagner la salle en lui donnant une claque sur les fesses. Lili y retrouva le photographe. Avant qu'il ne s'éclipse derrière les projecteurs, elle fut forcée d'admettre qu'aucun homme avant lui n'avait su se montrer à ce point détaché de la voir nue. Devait-elle pour autant s'en sentir moins captive ? Le photographe parut attendre que la chaleur de l'éclairage l'enveloppe, puis, d'une voix cauteleuse, l'invita à s'étendre sur le lit. Aux premiers claquements de l'énorme appareil dont il n'avait de cesse, tout en se déplaçant, de régler l'objectif, elle eut le sentiment de savoir avant même qu'il les lui décrive, les poses qu'elle devait prendre. Elle roula sur le ventre, plia les jambes, croisa les chevilles, puis se mit à creuser autant qu'elle put les reins en poussant sur ses bras. Elle voulut mériter la paye qu'elle percevrait, et posa une main sur ses fesses qu'elle tint, le temps d'une prise, largement écartées. Elle pensa que ce geste l'avait trop abaissée pour qu'un autre fût en mesure de l'effacer. Elle roula sur le dos, et s'assit en ramenant les cuisses contre son buste. Le silence retomba. Elle fouilla du regard la pénombre, et, au-delà du bâti lumineux à la frange duquel se replia le photographe, elle distingua clairement la forme blanche et massive des deux hommes. Ils se dirigèrent côte à côte vers elle. Le plus jeune, pieds nus, ne portait plus que son pantalon. C'est son corps qu'en premier parut peindre et jaunir le feu des projecteurs. L'autre, derrière, n'ayant lui sur le dos plus qu'une large chemise ouverte sur sa panse, s'arrêta un instant à l'orée du halo pour lentement ajuster un masque sur ses yeux. Elle s'efforça, haletante, de trouver où était la femme. Elle tenta de se convaincre, sans la voir nulle part, qu'elle pourrait l'appeler si les choses tournaient mal, mais le souvenir du regard que sa mère lui avait lancé une heure plus tôt fit voler en éclats son espoir que quelqu'un veuille lui venir en aide. Le photographe lui demanda de se détendre, se montrer plus enjouée, puis de s'asseoir, jambes écartées et pieds au sol, sur le bord du lit. Le plus jeune se campa devant elle, et, déboutonnant son pantalon, le laissa choir en plis épais sur ses chevilles. Il la prit par la nuque, baissa son caleçon, puis l'amena à coller la bouche sur son membre déjà roide et gonflé. Sous le joug de l'œil de verre dont les crépitations reprirent en s'emballant, elle entrouvrit les lèvres. Le photographe la somma de tourner les yeux vers l'objectif, mais elle les ferma et put comme s'extraire du temps que dans sa bouche durèrent les mécaniques et violents va-et-vient. Elle se crut même, quand ils cessèrent, tirée d'affaire. Elle rouvrit les yeux mais constata que l'homme au masque se tenait à présent presque contre elle. Il écarta, d'un léger coup d'épaule, le plus jeune qui râla, dans un rire étranglé, de lui céder sa place, puis, d'un geste autoritaire, la fit se tourner pour la plaquer, genoux à terre, à plat ventre sur le lit. Il ne la pénétra qu'avec difficulté, en s'aidant d'une main pour tenir droit sa verge. Elle le sentit mollir en elle à proportion de ce que les grognements qu'il poussa, les heurts qu'il lui infligea, les doigts et même les ongles que dans ses hanches il enfonça, devinrent insupportables et rageurs. C'était pourtant moins dans sa chair qu'il lui faisait mal qu'en ayant l'air de nier qu'elle fût celle d'une personne bien en vie et consciente. Elle abaissa de nouveau les paupières, et, juste avant que n'éclose en elle le projet de mettre un terme à ses jours dès qu'elle serait dehors, sa mémoire se ferma, ne tint plus compte de ce qu'on continua à faire de son corps.

Ressassant avec mauvaise humeur les propos que lui avait lancés son seul copain d'école en toute fin de journée, il s'engouffra dans une ruelle. Elle menait au box dont le toit plat, gravillonné, lui tenait lieu d'observatoire. Le dos fléchi sous le poids d'un cartable pourtant quasiment vide et duquel dépassait le bec usé, mâchonné d'une flûte en plastique, il cracha dans ses mains et entreprit l'escalade d'une gouttière cloquée de rouille. À une hauteur d'environ deux étages, il sauta à pieds joints sur le faîte d'un hangar, en longea à la hâte le portant d'où couraient, rivetées l'une à l'autre, des plaques en tôle de fer, puis après quelques pas sur une longue poutrelle périlleuse de par sa forte déclivité, souffla d'avoir atteint son but et se laissa presque tomber. Il jeta son cartable dont le ventre affaissé résonna aux bruits courts et métalliques d'une boîte de crayons s'étant sûrement ouverte, peut-être même tordue. Il en tira une légère satisfaction, vérifia toutefois que sa flûte avait résisté au choc, puis souhaitant que personne ne pût remarquer sa présence, à commencer par l'homme que depuis des semaines il venait régulièrement épier, fit en sorte de se rapetisser en s'approchant du parapet qui surplombait une rue commerçante. La nuit tombait, entraînant dans sa chute des nuages boursouflés que les lueurs de la ville teintaient d'un rose pâle. Il s'agenouilla, cala ses fesses sur les talons de crêpe usés de ses souliers, puis, les mains à plat sur le haut du muret qui le dissimulait, se redressa lentement jusqu'à ce que ses yeux balayent à loisir la devanture du bar située de l'autre côté de la chaussée. Derrière la baie vitrée dont les pesants rideaux, opaques et de velours, étaient encore ouverts, il reconnut aussitôt, avec enchantement, l'homme qu'il voulait voir. Quelque chose comme toutes les autres fois où il avait scruté les traits anguleux de son visage, la fossette de son menton, la noirceur de ses yeux, la minceur de ses lèvres, le délesta, instantanément, d'une colère rentrée. Il s'attarda du regard sur le front de cet homme tout en touchant le sien, et conclut que leurs formes partageaient peut-être plus de ressemblances qu'il pouvait y en avoir entre un père et son fils. Il n'avait jamais eu encore l'occasion d'entendre le son de sa voix, mais voyant les buveurs accoudés au comptoir un peu comme se figer dès qu'il ouvrait la bouche, il se le figurait aussi grave que puissant. Si cet homme avait mis ce soir un pull-over, il portait d'habitude une ample chemise noire dont il roulait les manches jusqu'au-dessous des coudes. Un plateau à la main qu'il faisait quelquefois, en jongleur désinvolte, tourner sur son index, il lui arrivait de desservir une table, mais il restait, le plus souvent, trônant et souverain, derrière l'étincelant robinet à pressions. L'alignement de bouteilles étiquetées en couleur, auquel il tournait le dos, était entrecoupé par quelques rangées de verres et surtout de trois coupes, disposées en hauteur, au socle en marbre blanc. Cela ne faisait aucun doute qu'elles lui appartenaient, mais dans quelle compétition, par quel exploit les avait-il gagnées ? Jean aurait tout donné ou presque pour le savoir. Cet homme ne pouvait en tout cas qu'être unique, se dit-il. Cet homme n'avait rien en commun avec tous ceux auxquels il consentait à araser habilement la mousse d'un bock de bière, à rendre sur un billet de banque quelques pièces entassées dans une soucoupe en porcelaine, à indiquer de la main la porte des toilettes, ou encore à apporter, tout en le défroissant, le journal du jour. Pour preuve ce gringalet qui soudain s'éloigna d'un groupe en pleine et joyeuse discussion, s'approcha du juke-box, y glissa une pièce, puis, l'œil vissé sur son double pourtant guère engageant que contenait un miroir, effectua des pas de danse aux déhanchements débiles. Preuve aussi ce grand barbu, obèse, vautré de tout son long sur une banquette, et semblant ne s'animer que pour pouffer à gorge déployée, ou bien lancer à la cantonade quelques mots auxquels personne n'accordait visiblement d'intérêt. Toujours caché, des genoux au menton, derrière le court muret qui lui servait d'appui, il sentit une forme de dégoût l'envahir. Cet homme qui pouvait s'inviter dans ses rêves, méritait beaucoup mieux que de gaspiller son temps à servir les affreux remisés dans son bar. D'ailleurs, s'il ne souriait jamais, songea-t-il, c'est qu'il devait avoir l'impression d'être à part, le sentiment d'être seul, et pour tout dire souffrir de ne pas voir sa famille. Cet homme était peut-être même sur le point de faire ce qu'il fallait pour le connaître, lui, son fils. Il frapperait un beau matin à la porte de sa chambre, ou, mieux encore, irait l'attendre un soir après l'étude devant les grilles de son école. Il chercherait, un peu gêné, d'abord ses mots, puis le serrerait fort dans ses bras en lui demandant de l'excuser pour sa si longue et regrettable absence. Pourquoi sa mère lui cachait-elle l'identité d'un homme pareil ? En tirait-elle profit ? Était-ce pour le torturer et avoir à peu près tout pouvoir sur lui ? Craignant que les réponses à ses questions ne l'amènent à la haïr jusqu'à la fin de ses jours, il préféra les ignorer. Cet homme, en tous les cas, c'était sa bonne étoile qui lui avait permis d'en retrouver la trace. Le hasard avait voulu qu'il grimpât sur ce box quand justement, lassé par ses échecs, il était résigné à ne plus faire de recherches. Le hasard avait voulu qu'il braquât tout de suite son regard sur lui, quand, juste à quelques mètres de la devanture de son bar, la vitrine enluminée d'un magasin de jouets ou les affiches ornant l'entrée d'un cinéma auraient pu pareillement, si ce n'est davantage, attirer son attention. Il n'avait eu besoin que de quelques secondes pour, le souffle coupé et ses yeux s'embuant, savoir que c'était lui. Il s'était souvenu de s'être déjà trompé en prenant un auteur parlant à la télé de son dernier roman lui aussi pour son père, mais cela n'avait en rien entamé l'évidence qu'il avait cette fois-là mis les yeux sur le bon. Il avait repensé aux amis de sa mère qu'il avait eu souvent l'occasion d'approcher, longuement écouter, parfois même apprécier, mais aucun n'avait pu avec autant de force et si profondément que la découverte de cet homme mettre un terme à sa quête. Aussi continuait-il à le dévisager, faisant fi de la brise venant de se lever et de l'air glacial en train de l'engourdir. Il le vit se baisser un instant sous le comptoir, puis, muni d'un petit marteau, cogner à trois reprises sur une clochette en bronze. Comme les enseignes des boutiques des deux côtés de la chaussée commençaient de s'éteindre, il savait qu'il allait bientôt fermer son bar. Des fourmis dans les jambes, le vent maintenant chargé d'une légère bruine, il décida de couper court à son observation tout en sachant qu'il lui serait pénible d'attendre jusqu'au lendemain pour la reprendre. Il s'étira, frotta du plat des mains vigoureusement ses cuisses, puis se couvrit la tête du capuchon de sa parka. Il pensa à la cigarette dérobée l'avant-veille, en plus de quelques pièces, dans le sac à main de sa mère, or la seule perspective de défaire à l'aveuglette la feuille d'aluminium dont il l'avait enroulée pour la garder intacte au fond de son cartable, le fatigua. Il aurait un autre soir l'occasion de se prouver qu'il pouvait froidement la fumer jusqu'au filtre. Avec le vertige, tragique et nauséeux, qu'il avait éprouvé après l'unique bouffée aspirée dans sa vie, il s'était senti couard, odieux et dérisoire, sans raison d'exister. Fumer une cigarette jusqu'au bout impliquait qu'il soit en possession de toutes ses forces, qu'il ait les idées claires, confiance en son avenir et le ventre pas trop vide. Cette dernière condition lui faisait, encore plus que les autres, cruellement défaut. Il n'avait, en général, à l'heure du déjeuner servi à la cantine, guère plus d'appétit que pour les crudités parfois accompagnées de quelque charcuterie – deux tranches de saucisson, un morceau de pâté –, constituant le hors-d'œuvre. La salle à demi enterrée dans laquelle on l'isolait pour qu'il prenne ses repas sous les regards en coin de deux idiots faisant office de surveillants, expliquait, selon lui, qu'après quelques bouchées avalées à la hâte, il était rassasié. Retranché du réfectoire principal où tous ses camarades se goinfraient gaiement, il lui fallait entendre les lamentables discussions que ses deux gardiens avaient ensemble. À leur façon, ceux-ci étaient experts en arguments dont la teneur se résumait aux postillons qui les portaient. Étudiants l'un comme l'autre ou se prétendant tels, ils ne paraissaient être capables de renoncer à leur sérieux empreint de tics qu'en évoquant la dernière mise toujours moulante de la moins moche des maîtresses. Ils en rougissaient, affichaient d'ignominieux rictus, essayaient de savoir qui de l'un ou de l'autre la belle préférait, quand celle-ci n'avait d'yeux, c'était connu de tous, que pour le directeur. Il en serait venu à presque un peu les plaindre si dès qu'ils se trouvaient, dans leurs joutes oratoires, incidemment à court, ils ne s'étaient pas le plus souvent tournés vers lui pour le traiter de sale gogol, lui crier de cesser de les regarder en biais, et surtout de penser à s'occuper de son plat même pas entamé dont beaucoup d'enfants pauvres, à travers le monde, se seraient fait une fête. Il avait donc le ventre vide et partit à la recherche, dans la moindre de ses poches, d'un bonbon oublié. Il dut se contenter d'une demi-tablette de chewing-gum qui, faute d'emballage, était comme incrustée d'infimes grains terreux. La mâchouillant, ses dents craquèrent. Il s'en figea puis l'avala, les poings serrés, avec une vague et très insuffisante saveur de fraise dans la bouche. Avec le crachin, des gouttes perlaient des poils de la fourrure bordant son capuchon. Il secoua la tête et heurta violemment, à en voir des étoiles, du bas du crâne le muret contre lequel il était calé. Aussitôt rattrapé par sa mauvaise humeur, il se remit à ruminer les réflexions que lui avait faites, à l'école, son unique copain. Comme le couple de surveillants, ce dernier avait eu cet aplomb inouï de le traiter de gogol. Il s'était même donné la peine avec des mots châtiés, glanés à l'évidence dans des bouches d'adultes, de lui expliquer pourquoi il l'affublait d'une pareille insulte. S'était-il demandé, lui avait-il lancé, pour quelle raison le directeur avait pris la décision de l'isoler des autres à l'heure du déjeuner ? N'avait-il pas remarqué que dans la classe qu'il occupait ils étaient moins nombreux que dans les autres ? Et le programme alors ? avait-il ajouté. Croyait-il qu'il suivait, hormis les redoublants, le même que tous ceux de son âge ? Ne passait-il pas, entre deux récréations, la plupart de son temps à dessiner, coller et découper, souffleter dans sa flûte, apprendre à faire la ronde ou encore des comptines qui chantées à tue-tête perturbaient par moments le bon déroulement des autres cours, eux sérieux, fournis, normaux, pas bidons ? Toutes ces questions posées par son camarade l'avaient plongé dans une sorte d'hébétude. Il s'était tu et n'avait même pas pu tenter de l'étrangler avec l'espoir que dans un souffle ultime, une toute dernière inspiration, ce minable ravale tout ce qu'il lui avait dit. Il n'avait réussi qu'à le suivre d'un œil sombre détaler lâchement vers la salle d'étude dans laquelle une table jouxtant en première ligne l'estrade du tableau, leur était, en principe, chaque soir réservée. Il l'avait, environ à mi-chemin, entendu de nouveau le traiter de gogol, et le pire c'était qu'il lui avait paru attristé de l'injurier ainsi. Comme si quelque chose ou quelqu'un l'avait malgré lui poussé à rompre de cette façon leur amitié. Comme si son copain avait été troublé de le voir sans réaction et de le découvrir perdu, autrement plus fragile et désarmé que redoutable. Il en était blessé, vexé, humilié. Il trouverait bien le moyen de se venger, et en fit comme avec de l'avance craquer l'un après l'autre ses doigts. Il ramena d'un talon, crissant dans le gravier, son cartable près de lui, et se retint, *in extremis*, de ne pas saisir sa flûte pour la casser d'un coup de genou en deux. Il mordilla ses lèvres puis l'intérieur de ses joues dont quelques lambeaux de chair à peine cicatrisés se rouvrirent. Il eut un goût de sang dans la bouche et se mit à cracher, d'abord sur le côté, puis le plus loin possible devant lui comme il s'était des jours exercé à le faire avec des noyaux d'olives. Sans parler de record approché ou battu, son troisième et dernier jet de salive le satisfit, rejoignant assez haut la chape d'obscurité qu'il en perdit la trace, ne perçut de sa chute, vers le milieu du toit, que le faible clappement. Un nuage de vapeur s'enroulant sous ses yeux donna forme au soupir qu'il poussa néanmoins faute de pouvoir faire taire, quelques secondes encore, son lourd ressentiment. Les élèves de sa classe qu'il passa en lui-même un à un en revue ne lui semblèrent pas, dans un premier abord, plus navrants que les autres ; ceux dont son gros nigaud de copain faisait partie ; ceux qui grattaient à qui mieux mieux chaque soir en étude dans leurs jolis cahiers sous couvertures ; ceux qui pouvaient en venir aux mains pour une dramatique histoire de billes, ou s'exténuaient, toutes leurs récrés, à cavaler en grappes hurlantes et l'air défait derrière la course d'un ballon. Sur les douze portraits des élèves de sa classe qu'il put voir défiler, il revint, cependant, un moment sur celui qu'il avait hésité à ranger chez les filles ou dans le groupe des garçons. Non pas tant par rapport à sa mise, le timbre de sa voix, la longueur de ses cheveux ou encore la finesse de ses traits, qu'en raison de ses gestes, son repli, sa façon d'être ailleurs, son attitude apeurée au moindre bruit soudain, sa sorte de retenue à entrer en contact avec le plus insignifiant objet – une gomme, un feutre, un taille-crayon –, un peu comme on le ferait avec un animal, en l'effleurant d'abord du bout des doigts. Le plaçant, finalement, dans la catégorie des mâles, maintenant qu'il avait commencé de réfléchir à ses voisins de classe, deux autres, parmi eux, retinrent son attention. Il y avait cette fille, peu commune également, aux fesses très souvent maculées d'auréoles à tout le moins douteuses, aux yeux d'un bleu sans fond, aux sourires sans adresse, et qui ne s'exprimait que par au plus vingt mots qu'hachurait une gamme d'anodins cris d'oiseau. Une fille qui pouvait en plein cours bondir brusquement de sa chaise pour tenter de défier l'apesanteur en agitant les bras, le regard révulsé, chacun de ses mouvements saccadé comme si un tas de cordes nouées à ses articulations les avaient actionnées. Il y avait aussi, sculpté dans un cure-dent, ce petit blondinet aux cheveux ras en brosse dont les vêtements kaki évoquaient vaguement une tenue de camouflage, et qui ne consentait à vous considérer que si vous admettiez qu'il se prénommait Jo alors que réellement il s'appelait Bertrand. Créature fantasque, quantité quasi nulle aux penchants belliqueux dont la vie ne prenait forme qu'au moment où les coups des plus grands de l'école, qu'il savait mieux que personne trouver et provoquer, pleuvaient sur lui. Les surveillants eux-mêmes dont c'était la mission semblaient depuis longtemps s'être lassés de lui porter secours. Eu égard à son mérite, les raclées qu'il prenait s'inscrivaient pour tout le monde dans la logique des choses. On le voyait, en fin de récré, revenir en classe exsangue, osseux, creusé, griffé, couvert de bleus et de crachats. Il arrivait, les jours de pluie, qu'il se fît coincé sous le préau dans les toilettes pour y subir, en plus de coups, d'autres sévices. Si son projet était de se convaincre de pouvoir sortir vivant de n'importe quelle épreuve, il devait probablement être sur la bonne voie. On avait même appris qu'en présence de son père – lequel ne manquait pas, c'était notoire, non plus d'être extrêmement virulent avec lui –, il avait, un samedi après-midi, dans une quincaillerie, avalé par défi une boîte entière de clous. Une hospitalisation d'urgence l'avait sauvé, mais tout le monde se doutait qu'il n'arrêterait jamais de faire de son existence une guerre perdue d'avance. Voilà pour un troisième et encombrant portrait d'un des douze élèves de sa classe. Aussi, maintenant, à mesure que les neuf autres lui revenaient en mémoire, il leur trouvait à tous des habitudes étranges, des grimaces insolites, des parties du visage comme dégénérées. Sachant, pour sa part, lire et écrire, se débrouiller tout seul, prendre en charge sa jeune sœur et ne pas se laisser marcher sur les pieds, qu'avait-il en commun avec tous ces malades, ces incapables de retenir leurs larmes au moindre accroc, ces éclopés qu'on préparait à Dieu sait quoi mais sûrement pas à devenir pompier, pilote d'hélicoptère, chercheur en molécules ? Un sort terrible, une fois de plus, s'acharnait contre lui. On l'avait abandonné sur une voie de garage et l'image des gogols qu'on pouvait y trouver allait peut-être finir par déteindre sur lui. Combien de temps encore faudrait-il qu'il supporte qu'on se trompe sur son compte et même d'être pris carrément pour un autre ? De rage, il saisit sa flûte pour en cogner le bec qui céda rapidement en plusieurs morceaux. Il garda le tube dans la main, puis colla son œil à une extrémité. S'imaginant alors muni d'une longue vue, il crut apercevoir sa mère le regarder avec rudesse. Ne devait-elle pas l'aider à comprendre pourquoi il avait au fil des jours de plus en plus l'impression de foncer droit dans un mur ? Il étendit les jambes, marmonna à l'adresse d'il ne savait trop qui un chapelet d'insultes, puis recommença à scruter la rue. Il ne fut pas étonné de constater que l'homme qu'il était venu épier avait maintenant tiré, sur toute la vitrine, un long rideau opaque dont on apercevait, entre deux taches claires, les anneaux coulissants. Il se serait bien livré à quelque sacrifice afin de l'observer une minute de plus, ou, mieux encore, afin de voir sa mère, fringante et pomponnée, aller à sa rencontre, le rejoindre avec l'air amoureuse sur le seuil de son bar. Ce scénario lui plaisait mais d'énormes et soudaines gouttes de pluie le coupèrent dans son inspiration. Il se leva et passa les bretelles de son cartable. Une flaque en formation qu'on eût dit bouillonnante, l'obligea à sauter sur le toit d'à côté également traversé par l'étroite poutrelle qui était sa seule voie pour repartir d'ici. Il grimpa sur celle-ci avec difficulté.

Il écarta horizontalement les bras pour s'y tenir debout, puis, commençant d'avancer, regarda le vide attirant et silencieux s'agrandir sous lui. La nuit paraissait s'y être roulée sur elle-même, alourdie par la pluie, et pourvue d'une haleine mêlant quelques relents de terre retournée à ceux d'un lieu enfoui aux murs couverts de mousse. Il manqua de trébucher et en fut pétrifié. Ses jambes flageolantes ne voulant plus répondre aux ordres qu'il leur donnait. Ses yeux obstinément tournés vers ses souliers qui ruisselaient. Les paupières mi-closes, il sentait qu'à se résoudre, comme cela le tentait, à les fermer complètement, il aurait dans la seconde perdu l'équilibre. Un gouffre l'appelait, lui tout seul, muettement. Un gouffre avec peut-être un dos bien assez rond pour qu'il pût s'y poser, s'y trouver une place qui n'importe comment serait toujours meilleure que celle qu'il reprendrait le lendemain à l'école. Ce ne fut pas la peur qui le fit reculer ou plutôt qui le poussa de nouveau à marcher, mais probablement l'écho, les notes d'un couplet appris le matin même en classe et au rythme duquel tout son corps s'accorda. Il ne s'arrêta plus que pour se cramponner à un poteau électrique, puis se laissa glisser le long de celui-ci. Lorsqu'il toucha aux pavés branlants et déchaussés de l'étroite ruelle par où il était venu, il eut comme l'impression de refaire surface après une longue apnée. Il rentra sa tête dans les épaules, et se mit à courir bien qu'il eût à l'esprit que le retour de sa mère à la maison précéderait inévitablement le sien. Il crut bon de couper, raccourcir son trajet en empruntant la zone d'où poussaient avec peine, depuis une poignée de mois, les répliques ordonnées d'un même pavillon censées donner contour à un lotissement. L'aboiement d'un chien dont il ne parvint pas à situer la présence le fit accélérer. Il ne prenait conscience du terrain qu'il foulait que par les gerbes d'eau, quand ce n'était pas de boue, fouettant à tout moment ses chevilles. Il franchit un terre-plein au gazon si spongieux qu'il manqua d'y perdre le soulier de son pied droit, puis ralentit enfin lorsqu'il fut abrité par le toit ondulé de la station-service au bas de la montée menant à son immeuble. Levant les yeux vers la fenêtre devant laquelle il se postait tout seul le matin pour prendre son petit-déjeuner, il y aperçut, encadré de lumière, le visage de sa sœur. Il comprit qu'elle avait imprudemment grimpé sur une chaise afin de guetter son arrivée. Il l'aurait bien giflée ou tirée par les cheveux pour l'en faire redescendre, et ne répondit pas aux signes de la main qu'elle lui adressa. Il pénétra dans le hall de son immeuble, et prit la mesure de l'état dans lequel étaient ses vêtements qu'après avoir pressé l'interrupteur de la cage d'escalier. La toile de son pantalon s'était transformée en une pelure terreuse. Par une large déchirure au niveau de la taille, sa parka vomissait des plumes détrempées. Devinant ce que sa mère allait sûrement en dire, il monta avec la boule au ventre et en traînant les pieds à son étage. Il ouvrit discrètement la porte de chez lui, mais, comme il s'y attendait, tomba nez à nez avec elle. Elle sortait de sa douche, avait les cheveux mouillés, et s'était enveloppée dans un drap de bain. Son regard sembla irradié de colère puis comme apitoyé.

— D'où tu viens ?

— De l'école.

— Mais encore ?

— Encore rien.

Faisant un pas vers elle avec le mince espoir d'apparaître assez sombre ou même intimidant afin qu'elle le laissât filer dans sa chambre, il se vit stoppé net, contraint de reculer et d'attendre la suite.

— Pour la deuxième et dernière fois : d'où tu viens ?

— De l'école.

— Ça suffit !

— J'suis d'accord !

— Retire-moi ces chaussures !

Il lui obéit.

— Et donne-moi ton cartable.

Il faillit de nouveau se soumettre à son ordre, mais, le temps d'ôter son cartable de sur son dos, il changea d'avis et le garda ballant contre ses jambes.

— Pourquoi ?

— Je veux voir tes cahiers.

— Ils sont restés en classe.

— Donne-moi ce cartable.

— Et puis y'a rien dedans, des dessins et c'est tout !

— Dépêche-toi !

Elle coinça comme elle put sa serviette sous ses bras, puis lui prit violemment le cartable des mains. Elle l'ouvrit et très vite constata dépitée qu'il n'y avait en effet pratiquement rien dedans.

— Je vais parler à ta maîtresse.

— M'en fiche.

— Ne me pousse pas à bout !

— Je n'irai plus à l'école !

— Et qu'est-ce que tu feras ?

— Je ne suis pas un gogol !

— Qui c'est qui t'a dit ça ?

— Tout le monde le sait, j'apprends rien et voilà !

Trépignant puis comme si, dans la seconde suivante, il avait essayé de fuir un tel aveu, il fonça droit sur elle. Le visage collé à sa serviette éponge et son odeur humide, il n'aurait plus bougé jusqu'au lendemain matin si elle n'avait posé les mains sur ses épaules en le repoussant, glissant ensuite doucement un doigt plié sous son menton pour qu'à nouveau, tête renversée, il la regardât.

— On t'a mis dans cette classe uniquement pour ton...

— Je n'y retournerai pas.

— Laisse-moi quand même finir.

— Je ne suis pas un gogol !

— Ne complique pas les choses.

— T'auras qu'à leur dire.

— Tu n'en fais qu'à ta tête.

— Je les ai assez vus !

— Tu es toujours si seul…

— En plus je les déteste !

— Et tu poses tant de problèmes, tu inventes tant d'histoires, qu'on a tous décidé…

— Alors t'étais d'accord ?

Sa voix en chevrota, il faillit s'étouffer. Il n'aurait pas su dire si le feu qui monta subitement à ses joues tenait à sa colère ou n'appelait qu'à s'éteindre sous une coulée de larmes. Il vacilla, bascula en arrière, et heurta le piano. Lequel vibra d'un grondement sourd et mat. Lequel avait échoué ici depuis des semaines sans que sa mère se soit donné la peine de dire si elle l'avait acheté ou se l'était fait offrir ; s'il leur appartenait ou était en transit, voué à disparaître aussi bizarrement qu'il l'avait trouvé là, un beau soir, à son retour de l'école ; s'ils lui donneraient ailleurs que dans l'indigne fouillis de cette obscure entrée une place à sa mesure ; si sa petite sœur avait le droit d'y toucher, et, lui, d'apprendre à en jouer.

— Et ça alors ? fit-il le doigt tendu vers l'instrument. C'est quelque chose que j'invente encore ?

Sa mère resta muette. Il ne put le supporter, et, d'un coup de coude, frappa si brutalement le clavier qu'une touche ne s'en releva pas.

— Tu es vraiment un…

— Quoi ?

Elle fit courir sur lui un regard consterné, glacial.

— Je crois que j'aurais préféré ne pas t'avoir mis au monde. Et tu as de la chance qu'on veuille bien t'accepter dans la classe où tu vas.

Secoué d'un sanglot, à bout de résistance, il parvint ce coup-ci à foncer vers sa chambre et s'y enfermer. Il ôta ses vêtements comme s'ils étaient en feu. Il plongea sur son lit, et, tremblotant, s'enroula dans sa couette. Ce qu'il ne voulait pas, même à l'abri des regards, voir lui jaillir des yeux, semblait comme épaissi et presque en continu lui sortir par le nez. Lorsqu'il entendit, comme parfois en pleine nuit, sa sœur gratter à sa porte, il sut, par son silence, lui indiquer qu'il voulait qu'elle le laissât tranquille. Lili ne fit plus un bruit, puis elle fut rejointe par sa mère lui demandant de regagner la cuisine pour terminer sa soupe. Il se pelotonna davantage sur lui-même. Il se tourna vers le mur contre lequel le flanc droit de son lit était plaqué, et en même temps que les gonds de sa porte se mirent à grincer, il vit s'élargir sur celui-ci une bande de lumière. Son matelas se creusa bientôt sous le poids de sa mère s'asseyant doucement derrière lui. Il fut tenté d'enfouir la tête sous sa couette, mais elle posa une main si tendre sur sa nuque qu'il ne fit plus un geste. Elle se pencha sur lui. Frôlant du bout du nez l'ourlet de son oreille. Appliquant la chaleur de ses lèvres sur sa tempe, sa joue, ses paupières abaissées, le coin de sa bouche close et le bord de ses narines ne cessant plus de couler. Il se tourna sur le dos. Elle glissa ses bras sous lui pour le soulever et l'étreindre avec force. Il avait maintenant la peau contre la sienne et ressentit un amour si débordant pour elle qu'il l'aurait gardé même s'il l'avait crue tentée de l'assassiner. Il put s'abandonner au lent balancement qu'elle donna à leurs corps. L'épreuve imaginée du lendemain matin comme celle bien réelle de ce qu'il avait vécu ce jour ou d'autres avant paraissaient s'évanouir, dispersées par son vœu que ce moment dure indéfiniment.

Rien ne semblait en mesure d'atténuer la chaleur qui s'était entassée dans tout l'appartement. Les rideaux de la fenêtre grande ouverte de la cuisine se gonflaient, par instant, mollement d'un air vicié. On eût dit que la nuit s'étirait comme une bête harassée. Elle gardait de la journée, sous un soleil de plomb, qui l'avait précédée, un léger rougeoiement. Le niveau du bocal où dans une eau saumâtre vivotaient deux poissons aux grands yeux globuleux avait depuis le matin sensiblement baissé, un cercle dessiné par un dépôt calcaire en apportant la preuve. Le bourdonnement haché du réfrigérateur évoquait une lente et pénible asphyxie. Sur la hotte aspirante, les points d'amas graisseux parsemant la grille scintillaient. Un géranium tendait depuis l'évier au fond duquel il se trouvait, deux branches squelettiques, sans fleur, aux nœuds comme brûlés. Une bouteille de soda en plastique et trop grande pour tenir dans la poubelle en soulevait le couvercle. Leur mère terminait une tasse de café. Une carafe remplie d'eau reflétait sur la table vaguement son visage. Elle entendit un ronflement en provenance du salon, et comprit que Lili venait de s'endormir. Elle laissa ses pantoufles sous une chaise, se leva de son tabouret, et alla la regarder. Vêtue d'un vieux tee-shirt ayant appartenu à Jean et d'une culotte en coton, Lili avait trouvé le sommeil dans un fauteuil. Elle pouvait voir ses fesses piquées de cellulite, ses cheveux coupés court frisottant sur ses tempes en sueur, le gras sous son menton vibrant légèrement au rythme de son souffle. Lili n'était plus la même depuis cette fin de nuit où, rentrant d'une soirée, elle l'avait réveillée par un cri déchirant après s'être enfermée dans la salle de bains. Lili n'était plus la même depuis qu'elle restait là vautrée dans ce fauteuil d'interminables heures à dévorer sans faim tout et n'importe quoi. Lili n'était plus la même depuis qu'elle faisait tout pour l'ignorer, et que son regard empreint d'une sorte d'égarement paraissait incapable d'apporter une issue aux mots comme étouffés par sa bouche toujours pleine. Elle s'avança vers elle et s'arrêta près de la table basse. Son ronflement s'interrompit, ses paupières se froncèrent. La simple idée de ne pouvoir la prendre dans ses bras pour la porter jusqu'à son lit lui était douloureuse. Depuis des mois elle n'avait plus eu l'occasion de la toucher, n'était pas en mesure de savoir si le grain de sa peau souffrait moins que la forme de son corps des kilos qu'elle ne cessait de prendre. Elle s'en voulait d'être incapable de ne pas lui faire des remarques désobligeantes chaque fois qu'elle la voyait sur le point de manger quelque chose. Elle en venait même à la railler, à lui dire qu'elle était en train de gâcher sa vie, tout en se trouvant abjecte de se forcer à croire que de pareils propos puissent la faire réagir, ou penser à autre chose que de se remplir le ventre. Lili lui faisait l'effet de s'être dissimulée dans une masse instable, encombrante, inutile. Plus elle la regardait, plus elle cherchait à comprendre pourquoi elle avait l'air de vouloir s'ensevelir vivante, plus elle devait faire face à ses propres échecs, sa propre insuffisance en tant que mère. Elle tendit la main vers son visage, se mit à trembler d'avoir une très forte envie de la caresser, mais ne fit que fermer, comme pour la capturer, le poing sur son haleine. Elle recula d'un pas. Le haut du caraco qu'elle portait par-dessus une courte jupe en lin, collait à la sueur recouvrant sa poitrine. Elle glissa l'index sous le bord de son soutien-gorge, et le passa, d'une bretelle à l'autre, lentement sur sa peau. Il lui fallait sortir, humer à l'extérieur un air moins lourd qu'ici, essayer de ne plus penser à ce qui s'était avec le temps défait entre sa fille et elle. Elle gagna sa chambre, ouvrit dans l'obscurité son armoire, se chaussa des premiers escarpins qu'elle trouva dans le fond de la penderie, puis, se fiant à ses doigts sautant d'un cintre à l'autre, reconnut, au toucher, la veste de tailleur assortie à sa jupe. Elle l'enfila, alluma une lampe, décrocha son téléphone et appela un taxi. Elle prit son sac à main, vérifia qu'il contenait une fiole de whisky, et patienta, penchée à sa fenêtre, une dizaine de minutes, avant d'apercevoir le taxi s'arrêter devant l'entrée de son immeuble. Elle n'avait plus le temps d'écrire comme elle l'avait prévu un mot à l'intention de Lili. Elle longea le couloir de l'appartement sur la pointe des pieds, referma la porte d'entrée derrière elle sans que le verrou claque, puis descendit les escaliers en se tenant fermement à la rampe. Une fois dans le hall, sous la lueur des veilleuses, elle adressa un signe de la main au chauffeur qui fumait accoudé au toit de son véhicule. Il la fit s'installer sur la banquette arrière, écrasa sa cigarette, puis s'assit à son tour tout en lui demandant où elle voulait se rendre. Elle n'y avait pas encore réfléchi. Elle n'avait pas vu son fils depuis longtemps, et murmura l'adresse du bar où elle savait, grâce à une gazette, qu'il jouait du piano. Le chauffeur acquiesça d'un hochement de tête, et, dès qu'il eut démarré, un chausson de nouveau-né se mit à se balancer sous le rétroviseur central. Elle se déporta sur la droite pour faire face à la route. Voyant l'œil que le chauffeur fit courir sur ses genoux que sa jupe dévoilait, elle fut tout sauf gênée, lui en aurait même su gré. La vieillesse qu'elle s'était sans doute trop longtemps attelée à ignorer, n'avait eu qu'à attendre le moment favorable pour la prendre par surprise, éclore brutalement aussi bien dans ses pensées que sa chair. Depuis, presque chaque matin, elle se réveillait, quand elle avait dormi, quasiment plus rompue qu'au moment où la veille elle s'était couchée avec un somnifère. La canicule des derniers jours n'arrangeant rien, elle avala, pour se sentir mieux, deux calmants. Si le chauffeur – maintenant qu'ils abordaient le centre-ville – avait voulu répondre au sourire qu'elle se vit s'obliger à lui faire dans le rétroviseur central, elle aurait sûrement eu l'audace de remonter sa jupe jusqu'à mi-cuisse. Il demeura de marbre. Elle posa les yeux sur la tache mouvante que formait le chausson au centre du pare-brise, et eut honte de lui avoir souri. Elle tourna le visage vers la vitre abaissée. Sur une place jaillissait une fontaine éclairée. Quelques couples déambulaient. Des enfants tout sourire, de couleur et regroupés près d'un square fermé, jouaient à s'attraper. Elle laissa traîner son regard sur eux, puis observa les vitrines de l'avenue qui couperait la rue où elle devait descendre. Ayant envie de marcher pour se dégourdir les jambes et surtout avoir le temps de chercher quelque chose à dire à Jean, elle demanda soudain au chauffeur de s'arrêter. Elle régla la course, sortit du véhicule, puis attendit qu'il parte avant de faire quelques pas et passer doucement une main sur sa gorge. Sa peau, durant le trajet, avait à ce point séché, que le sel réduit en poudre de sa transpiration lui roulait sous les doigts. Elle eut soif mais s'assura qu'il n'y avait personne alentour avant de prendre dans son sac à main sa fiole de whisky. La tiédeur des goulées qui coulèrent dans sa gorge lui parut amoindrir les bienfaits que d'habitude l'alcool lui procurait. C'était pourtant bien d'eux dont elle avait besoin, et, dès qu'elle aperçut sur le trottoir opposé un bar-tabac ouvert, elle s'y précipita. Un écran de télé diffusant dans un coin de la salle principale une rencontre sportive la poussa à rester, une main sur le comptoir, au plus près de l'entrée. Elle dut forcer la voix pour se faire servir un gin avec des glaçons, puis, sans l'avoir terminé, en commander un autre. Le barman encaissa l'addition et rejoignit la table où une poignée de clients commentaient à grand bruit le match de foot qui se jouait. Elle déroula lentement sur son cou le film de buée recouvrant la paroi glaciale de son verre. Elle sentit les traits du haut de son visage peu à peu se détendre, son front se défroisser, ses paupières s'abaisser, puis, regardant de droite à gauche distraitement les bouteilles alignées devant elle, tomba sur son reflet dans un miroir tavelé. Elle préféra sortir, fuir avant que ce double, abîmé et livide, ne la retienne d'aller retrouver son fils. Elle reprit sa marche et se dit que la seule beauté dont elle avait encore le sentiment de jouir, c'était aux regards émerveillés que Jean avait posés sur elle durant toute son enfance, qu'elle la devait. Elle aperçut l'enseigne entourée de néons du bar où il se produisait. Il y avait une terrasse d'une douzaine de tables. Qu'ils fussent seuls ou en groupe, les clients, agglutinés, semblaient participer à la même discussion. Elle entendit d'abord la rumeur que cette dernière répandait dans la rue, puis, les secondes qui suivirent, des notes de piano devenant plus claires à chacun de ses pas. La façade du bar aux pans vitrés ouverts lui permit, de l'extérieur, bientôt de voir son fils. La banquette à laquelle il montrait son profil était inoccupée. Toutes les chaises derrière lui dont l'emplacement suivait la ligne d'un arc de cercle, vides également. Gagnant le comptoir, elle renonça à grimper sur un tabouret haut par crainte de se faire trop vite remarquer. Elle n'eut cependant pas à faire le moindre signe pour que l'homme qui se tenait, quelques mètres plus loin, de l'autre côté du zinc, vienne d'un pas nonchalant prendre sa commande. Elle se fit encore servir un gin, et, comme l'homme resta près d'elle, elle lui tourna le dos, rivetant de nouveau le regard sur son fils. Voûté et par moments grognant sur son clavier, il ne pouvait la voir. Elle suivait des yeux sa main droite quand celle-ci semblait mettre en évidence, par des notes aiguës, la percée ou l'éclat d'une brusque émotion. Étrangement, elle n'aurait pas su dire si ces sortes d'accents étaient pour la plupart mélancoliques ou à l'inverse enjoués. Elle en fut comme troublée, et, s'emparant de son verre pour le vider d'un trait, trouva Jean à ce point indifférent au fait que son improvisation pût toucher quelqu'un, qu'elle lui en voulut. Aucune façon de pratiquer sa musique ne pouvait en tout cas justifier qu'il ne se souciât pas de donner de ses nouvelles. Son dos s'était creusé, ses épaules amaigries. Ses cheveux étaient plus longs mais ayant sans doute dû commencer de tomber, masquaient mal une tache claire dont le centre partait, au sommet de son crâne, d'un rond de peau presque nu. Gagnait-il bien sa vie ? Mangeait-il à sa faim ? Vivait-il seul ? Pensait-il et de quelle façon encore à elle, mais aussi à sa sœur dont il ignorait peut-être le désespoir ? Lui reprochant par-devers elle de les avoir quittées, mais aussi d'échouer à capter l'attention des clients en terrasse, elle ne parvenait plus vraiment à l'écouter. Devait-elle s'y contraindre au risque que son besoin grandissant de violence envers lui ne fût plus réprimable ? Il fallait que quelqu'un pût sentir tout l'amour mais peut-être également la haine qu'en cet instant elle éprouvait pour lui. Elle se retourna vers l'homme qui depuis tout à l'heure, penché sur le comptoir à moins d'un mètre d'elle, n'avait pas fait un geste. Elle découvrit le regard qu'il portait avec chaleur sur le dos de son fils, et n'en fut que plus amère.

— Il ne sait jouer que ça ?

L'homme posa sur elle des yeux lourds de fatigue.

— Je vous sers autre chose ?

— Répondez-moi d'abord.

— Que voulez-vous savoir ?

— S'il joue toujours si mal ?

— Moi j'aime l'écouter.

— Vous paraissez le seul.

— Quelle différence ça fait ?

— Vous n'êtes rien pour lui, et moi je suis…

— Sa mère, n'est-ce pas ?

Elle en baissa la tête mais vit l'homme prendre son verre, le plonger dans l'évier gorgé d'une eau mousseuse, puis lui en remplir un autre. Le constat qu'il pouvait défendre son enfant mieux sans doute qu'elle-même n'avait jamais su le faire la renvoya encore à tout ce qu'elle avait raté en tant que mère. Comme une sorte de point d'orgue concluant ses échecs, c'était elle, de surcroît, qui dans ce bar portait l'attaque contre son fils. L'attitude de cet homme finissait de briser le peu qu'elle s'était crue capable de renouer ou seulement sauver en se rendant ici. Elle allait et devait s'effacer devant lui, mais, à son corps défendant, s'agrippa au comptoir.

— Je peux savoir combien vous le payez ?

— Je crois que c'est lui que ça regarde.

— À quelle heure termine-t-il ?

— Buvez donc tranquillement votre verre.

— J'ai besoin de lui parler.

— Patience, il s'arrêtera bientôt.

— Mais il faut que je parte.

— Que voulez-vous ?

Grimaçante et la gorge de plus en plus nouée, il s'en fallut de peu que pour toute réponse elle renversât son verre d'un coup de coude.

— Que vous alliez le prévenir que je suis ici…

— Si c'est ce que vous souhaitez…

Elle secoua la tête en signe d'acquiescement, mais, voyant l'homme se redresser, elle lui attrapa le bras.

— Peut-être pas tout de suite.

— Vous n'aurez qu'à me dire quand.

— Peut-être même un autre soir.

L'homme haussa les sourcils.

— Je ne suis pas sûre que…

Il l'enveloppa d'un regard attendri dont elle eut le sentiment de ne pas être digne.

— Ne lui dites pas que je suis passée.

— Une minute, je vais le…

— Non, je vous en prie.

Il se pencha vers elle et resta silencieux face au trousseau de clefs qu'elle posa devant lui.

— Ces clefs lui appartiennent. Il me les a laissées en partant vivre seul, et depuis je les garde, pour une raison que j'ignore, au fond de mon sac à main.

L'homme pinça les lèvres.

— S'il vous parle un jour de moi, pourriez-vous les lui remettre ?

Hésitant un instant, il finit par les prendre puis ouvrir un tiroir pour les ranger dedans. Elle devina qu'il était sur le point de dire quelque chose pour tenter de la retenir jusqu'à la pause de Jean, et elle s'écarta en hâte du comptoir. Elle se dirigea vers le centre parqueté de la salle et s'y figea. Jean lui semblait maintenant malmener son clavier aussi durement que s'il avait voulu le faire par la force passer à quelque aveu. Deux énormes auréoles, dessinées dans son dos, raidissaient le tissu de sa chemise bouffante. Les bottines qu'il portait en dépit de la chaleur paraissaient se craqueler chaque fois qu'il appuyait sur l'une des deux pédales. Elle ne sut plus alors si ce qu'elle percevait était passé au crible de la réalité ou de ses obsessions. Ayant même l'impression de devenir comme aveugle à ce qui serait peut-être la toute dernière image qu'elle conserverait de son fils, elle tourna les talons, puis, le souffle coupé, regagna le trottoir. Elle heurta une table d'où jaillirent quelques protestations qu'elle fuit en trottinant, les jambes lourdes, jusqu'au bout de la rue. Son ombre qui d'abord s'allongea devant elle disparut sous les roues d'une voiture stationnée sur un passage piéton. Elle s'appuya contre l'aile de celle-ci et essaya de reprendre sa respiration. Elle porta à nouveau deux calmants à sa bouche, puis repartit, avançant droit devant elle sans chercher à savoir où ses pas la menaient. La chaleur et la nuit qu'elle frayait à présent semblaient étrangement d'une tout autre nature qu'une demi-heure plus tôt. Elle se fit klaxonner lorsqu'elle se retrouva, presque somnambulique, en train de traverser une avenue. Elle ralentit le pas, enfila au hasard une ruelle, et prit conscience du quartier dans lequel elle était quand son regard s'attarda sur une femme adossée à la grille d'un commerce, une femme dont la mise et l'excès de maquillage indiquaient clairement à quoi elle se livrait. Elle la dépassa, fit une vingtaine de mètres, puis s'immobilisa sous le porche d'un immeuble aux fenêtres murées. L'envie qu'un homme pût vouloir jouir d'elle contre une somme d'argent la submergea. Elle entendit le martèlement d'un pas se rapprocher, et demeura, les yeux fermés, inerte. Le bruit s'amplifia jusqu'à s'évanouir, remplacé par le simple chuintement d'un souffle. Elle perçut, parcourue d'un frisson, deux mains d'homme se poser sur ses hanches. Elle sourit et cessa presque de respirer. Les mains serrèrent sa taille et remontèrent son dos pour soulever ses cheveux puis se répandre en caresses longuement sur sa nuque. Elle écarta les lèvres, prête à offrir sa bouche à un baiser, mais, rouvrant les yeux, elle dut se rendre compte, horrifiée et tremblante, qu'il n'y avait personne. Elle avait tout perdu, sûrement même la raison, et se lança dans une course, agitée de sanglots, plus avant dans la nuit.

La fin de son concert en trio lui laissait comme souvent un goût d'inachevé, d'oubli, de désordre. Souriant bêtement à qui le regardait, Jean se serait volontiers joint à ses auditeurs massés autour du bar non pas pour les entendre commenter la musique qu'il leur avait servie pendant près de trois heures, mais tenter, parmi eux, de se glisser dans la peau, anonyme et sans fard, d'un simple spectateur. Il regretta de ne pas avoir suivi le bassiste qui venait de partir. Enfoncé dans une courte banquette au velours élimé d'où s'échappaient, à chacun de ses mouvements, des relents aigrelets, il reprit son demi posé sur une table basse. Il évita de croiser les yeux du batteur, Paul, qui, près de lui, s'affairait à démonter son instrument. Une boule à facettes mouchetait le sol de ronds jaunes ou verdâtres selon qu'elle réfractait la lumière de la salle abritant un billard, ou celle de deux spots tournés vers le couloir qui menait aux toilettes. Il avait dû jouer, pour faire face au comptoir, le dos si près d'une bouche d'extracteur de fumée, qu'il en sentait encore, des reins jusqu'à la nuque, la vibration des pales. Il serait bientôt payé, mais l'affiche de son trio de jazz avait malheureusement attiré si peu de monde, qu'il n'y avait aucune chance qu'on lui reproposât de se produire ici, dans cette discothèque programmant des concerts pour faire marcher son bar avant minuit. Il regardait, sur la piste de danse, s'enchevêtrer les ombres des buveurs chevillés au rebord du zinc. Deux piliers soutenant, à deux mètres du sol, une rampe de projecteurs, l'empêchaient d'un côté d'entrevoir l'escalier rejoignant la sortie, de l'autre le caissier – son employeur du soir – qui quelques jours avant s'était appesanti sur ce que recouvrait son rôle de directeur artistique. Il remarqua sur la table le verre de bourbon que son bassiste n'avait pas même goûté. Il le prit et le but à petites gorgées. Il pensa à sa sœur qui était venue, un petit moment, les écouter, et le sourire qu'il l'avait vue adresser à Paul le mit immédiatement de nouveau mal à l'aise. Y avait-il une histoire entre Lili et Paul ? Devait-il en partie aux charmes de sa sœur d'à peine dix-huit ans que celui qui passait pour un des plus fameux batteurs de la région se fût un jour intéressé à lui et à ce qu'il faisait sur un clavier ? Il ne put se retenir de scruter Paul dévissant le pied de sa caisse claire. Sans doute le trouva-t-il, à cet instant précis, plus vieux et repoussant qu'il ne l'était vraiment. Il était sur le point de lui crier qu'il savait pour sa sœur et lui, mais se prit à douter que le sourire de Lili sur lequel reposait son hypothèse n'eût jamais existé. Ne faisait-il pas fausse route ? Ne devenait-il pas aussi fou, interprétatif, nuisible aux autres autant qu'à soi que depuis des mois, voire des années, l'était sa mère ? Empoignant, la boule au ventre, dans le revers de son dossier un lambeau de tissu, il avait, en outre, conscience que s'il tentait de réduire au silence en lui-même son soupçon, il donnerait à celui-ci plus de force pour durer, envahir et gâter comme une obscure tumeur des jours ou des semaines la moindre de ses pensées. Il battit nerveusement du talon le tempo d'une chanson à la mode en train d'être diffusée. Dans une cage de verre surélevée en bordure de la piste de danse, remuait la silhouette efflanquée d'un jeune disque-jockey. Il observa sa façon machinale d'ajuster sans relâche la visière qui jetait une ombre sur ses yeux, puis se leva en voyant le caissier se diriger avec un air pressant vers Paul. Une fois que ce dernier fut payé pour leur concert, il l'aida à sortir, par l'issue de secours, tous les éléments de sa batterie. Il resta ensuite seul une dizaine de minutes dans une ruelle venteuse, et Paul reparut au volant de son break afin de tout charger. Dans l'habitacle, un baffle vibrait aux phrases enfiévrées d'un saxophone ténor. Il savait qui jouait mais ne connaissait pas cet enregistrement le transportant de plaisir. Il accepta, mine béate, de prendre la cigarette puis l'argent que Paul lui tendit. Il aurait eu bon nombre de choses à lui reprocher sur sa façon de l'accompagner à la batterie, mais ils admiraient, à quelques exceptions près, les mêmes musiciens. Paul se rassit au volant, puis il débarrassa le siège passager d'un tas d'emballages vides pour qu'il pût s'y installer. Ils fermèrent leur portière, donnant de cette façon plus de rondeur au solo de piano qui maintenant retentissait. Ils finirent lentement leur cigarette, après quoi Paul alluma le plafonnier et s'attela à rouler un joint sur le tableau de bord. Jean suivit tous ses gestes, la langue qu'il passa sur les reflets de colle, le tabac qu'il pinça afin de l'aligner, l'embout qu'il prépara avec une courte bande de papier cartonné, et encore la boulette, comme ganguée de terre, qu'il fit d'abord chauffer au-dessus de la flamme ondoyante d'un briquet pour ensuite l'émietter. Paul inhala deux longues et profondes bouffées, puis sembla s'égarer dans la vision de son double piqueté de buée que tendait devant lui l'intérieur du pare-brise. La raideur conservée par son col de chemise accentuait les plis chiffonnant le bas de ses joues que pourtant recouvrait une barbe de plusieurs jours. Sans le lâcher des yeux, Jean recula son siège. Il étendit les jambes et ficha à son tour le joint entre ses lèvres. À la fin du morceau, l'ovation de plusieurs centaines de personnes, qui soudain résonna, couvrit presque la voix annonçant le nom des musiciens. Le silence revint, et le contrebassiste se chargea d'introduire une ballade par des notes poignantes comme un soupir. Il repassa le joint à Paul qui, comme lui, restait sans voix. Il songea un instant, sans bien savoir pourquoi, à le laisser en plan, s'échapper de son auto, mais Paul l'invita à venir chez lui où sur d'autres versions du thème qu'ils écoutaient il y aurait en plus des bouteilles à terminer. Il accepta, craignant sinon d'avoir à chercher le sommeil en virant dans son lit jusqu'au petit matin. Paul enclencha la marche arrière, puis, revenant au point mort, dit qu'il devait régler avec leur employeur du soir un ultime détail. Il se dirigea d'un pas alerte vers la porte blindée de l'issue de secours, et, tordu de rire, urina dessus. Il secoua sa verge avec application comme pour parfaire son œuvre, puis, le visage battu par une mèche de cheveux grisonnants, reprit place au volant. Il se frotta les mains, ajusta son rétroviseur central et démarra. Il conduisit lentement, le mégot du joint planté au coin des lèvres, faisant à deux reprises le tour d'un rond-point comme s'il avait échoué, lors du premier passage, à lire sur les panneaux la route qu'il devait prendre. Ils arrivèrent sur une large rocade bordée sur la gauche d'une enfilade d'entrepôts. Au virage qu'ils prirent ensuite sur la droite, les cardans de l'auto retentirent comme des coups de marteau portés sous le plancher. Paul protestant alors contre sa condition d'artiste sans le sou, Jean ne releva pas, redoutant qu'ils ne se lancent dans une prévisible et assommante discussion sur le sujet. Il tourna le visage vers sa fenêtre, et suivit du regard la découpe noirâtre que de grands arbres opéraient dans le ciel bleu nuit. Il distingua des toits qui au loin décrivaient par leur faîte l'esquisse d'une chaîne de montagnes. Le véhicule emprunta une route caillouteuse, puis un étroit chemin au bout duquel la lumière des phares percuta la porte d'un pavillon. Paul coupa le moteur, lui fit signe de le suivre, et y entra le premier. Devant la lueur bleutée d'un écran de télé, sur un canapé de cuir aux accoudoirs usés par des griffures de chat, une jeune femme dormait profondément. Allongée de côté, les jambes repliées, elle avait les deux mains glissées entre ses cuisses et la bouche entrouverte. Elle portait un short, probablement en éponge, des chaussettes tirebouchonnées sur ses chevilles, et un débardeur rose découvrant le léger renflement de son ventre. Son visage était fin, sa peau laiteuse, ses cheveux longs et bruns. Elle devait avoir une vingtaine d'années et Jean avait envie de se rapprocher d'elle pour renifler comme un animal son odeur. Sa présence le troublait. Il n'osait plus jeter un seul coup d'œil vers son hôte par crainte que celui-ci pût s'en apercevoir. Paul lui donna une tape amicale dans le dos, et déclara, d'une voix enrouée, que c'était sa fille. Jean demeura silencieux, se bornant à secouer de bas en haut la tête. Il ôta pour se montrer à l'aise son blouson, et brusquement son soupçon que Paul fût l'amant de sa sœur lui revint à l'esprit, le torturant. Sa fille n'était-elle pas plus âgée que Lili ? Que penserait-elle si elle découvrait une chose pareille sur son père ? Paul lui inspirait à présent un mélange de colère et de dégoût. Il se promettait de ne jamais plus jouer en concert avec lui. Il se donnerait du temps avant de reformer avec le même bassiste ou un autre un trio, et ferait en attendant seulement du piano-bar. Paul s'approcha de la télé et n'eut qu'à appuyer sur son bouton d'arrêt pour réveiller sa fille. Elle se frotta les yeux, aperçut tout de suite Jean en train de la dévisager, se redressa pour s'asseoir sur le bord du canapé en souriant à son père, puis s'empressa de chausser, après s'être levée, une paire de mules. Paul fit les présentations. Elle répondit au hochement de tête de Jean par un signe de la main. Elle bâilla derrière une rangée de doigts aux ongles peints en rouge, puis se dirigea vers un escalier de bois. Elle empoigna sa rampe, ne se retourna pas, et se fondit avec lenteur dans la pénombre baignant les marches les plus hautes. Paul retira son manteau. Il l'accrocha à une patère, puis alla prendre dans un buffet deux verres et une bouteille à demi pleine de vodka. Il posa le tout, entre deux fauteuils de velours, sur un vieux guéridon. Il passa sur une longue étagère en revue une collection de CD, en saisit un, le sortit de son boitier, le glissa dans un lecteur, et, bientôt, une version différente de la ballade qu'ils avaient écoutée dans le break résonna dans la pièce. Il augmenta sur l'amplificateur les basses. Il monta également le volume. Il s'affala comme Jean venait de le faire dans un fauteuil, et eut à peine le temps de servir leurs verres que le craquement d'une marche d'escalier se fit entendre. Jean espéra que c'était sa fille qui les rejoignait, et fut déçu de voir sans doute l'épouse de Paul se précipiter vers eux. La musique avait dû la tirer de son sommeil. Vêtue d'un long peignoir de bain, elle avait les pieds nus, des poches sous les yeux, et les cheveux en bataille. Des rides entamaient sa lèvre supérieure. Elle paraissait hors d'elle et ne daigna pas les honorer d'un regard. Elle longea le mur auquel était fixée l'étagère à CD et dont la tapisserie cloquait sous le plafond, puis se baissa pour tirer sur une prise électrique, coupant net l'alimentation de la chaîne hi-fi. Paul réagit au silence qui tomba comme une chape de plomb sur eux trois par un ricanement pitoyable et forcé. Il souffla de dépit, remplit d'air ses poumons comme pour l'injurier, mais serra les mâchoires et ne dit pas un mot. Sa femme continua à l'éviter du regard. Ébauchant un sourire, elle avait l'air d'avoir remporté une bataille dans une guerre d'usure. Elle regagna l'escalier qu'elle avait dévalé, puis en gravit les marches pesamment deux par deux avant de disparaître. Dès l'instant où cessa, sur le plancher à l'étage, le cognement de ses pas, Paul s'indigna contre elle. Déclarant qu'il ne se passait plus un jour sans qu'elle lui donnât une raison de la quitter. Prétendant que c'était parce que leur fille vivait encore avec eux qu'il avait repoussé plusieurs fois son départ. Jean avait de plus en plus de mal à l'écouter. Il cherchait vainement un prétexte pour se faire ramener chez lui. Paul porta son verre de vodka à la bouche. Il le vida d'un trait, bondit de son fauteuil, et lui demanda de l'attendre sagement dans le sien le temps qu'il montât dire deux petits mots à sa femme. Le voyant s'éclipser à son tour par l'escalier, Jean songea que c'était le bon moment pour partir. Il repéra, sur le meuble de télé, un téléphone, hésita mais renonça à appeler un taxi par peur que le montant de la course soit supérieur au cachet de son concert, et se dit qu'il allait faire le chemin du retour à pied. Il reposa son verre, et, son blouson dans une main, quitta cette maison en refermant la porte discrètement derrière lui. Dehors, le ciel était étoilé et l'air empli d'une odeur de terre après la pluie. S'il marchait d'un bon pas, il serait sûrement chez lui avant le lever du jour. Il était soulagé d'avoir pris la décision de ne plus jouer qu'en solo, mais c'était maintenant l'idée de devoir rentrer au domicile familial qui le contrariait. Le temps était venu pour lui de vivre seul. Il ne voulait plus avoir à supporter que sa mère lui conseille sans cesse d'arrêter la musique pour se dégoter un job. Il ne voulait plus l'entendre insinuer qu'il y avait entre Lili et lui une attirance malsaine. Il ne voulait plus avoir à guetter le moment où au détour d'une conversation quelconque elle finirait peut-être par lui parler de son père. Mais ce n'était pas tout. Il avait également besoin d'un logement afin de mettre de la distance avec sa sœur. Si Lili se sentait mûre pour se laisser séduire par un type comme Paul, elle pouvait facilement se débrouiller sans lui. En ne se souciant plus d'elle, des gens qu'elle fréquentait, de son désœuvrement, il serait encore plus libre de ne penser qu'à la musique. Le fait même qu'elle eût depuis toujours foi en sa manière de jouer commençait de lui peser, ne lui apportant plus rien, ou en tout cas bien moins que n'importe quelle critique venue de n'importe qui. Il se trouverait un studio, ou, à défaut, une chambre de bonne en centre-ville, et se plongerait dans le plus grand isolement possible pour affiner son jeu. Du vent s'était levé et refroidissait l'air comme l'eût fait du crachin. Il passa son blouson. Il atteignit une route départementale, et la bande de marquage au sol qu'il se mit à suivre, le regard abaissé, sur le bas-côté de la chaussée, lui sembla d'une façon étrange mais rassurante un peu comme infinie.

C'est le troisième soir de la semaine que, tenue d'assurer seule le service en salle, ses deux jeunes enfants seront livrés à eux-mêmes jusqu'autour de minuit. Quand avant de partir et d'avoir peint sa bouche elle a collé ses lèvres sur le front de sa fille alitée depuis deux jours déjà, celle-ci était chaude, couverte de moiteurs. Elle a dû faire promettre à son fils comme souvent taciturne et avare de paroles, de ne pas hésiter à l'appeler ici si sa sœur la réclamait, était à nouveau prise de longues quintes de toux, ou encore agitée par des tremblements. Il n'est que vingt et une heures et elle ne saurait compter le nombre de fois que la gorge serrée, toutes choses cessantes, elle a pris le tintement de verres entrechoqués ou celui du grelot signalant l'ouverture de la porte d'entrée pour la sonnerie du téléphone. Les dîneurs sont nombreux, continuent d'arriver, et ses pieds déjà gourds, irradiés d'élancements dès qu'elle est obligée de se précipiter vers un bras qui se lève ou se rendre en cuisine dont le sol mal lavé la fait parfois glisser. Elle découpe le pain que deux couples attablés l'un en face de l'autre viennent de réclamer. Elle secoue, avant de les rejoindre, les miettes de son tablier noir. Elle pose la corbeille sur un coin de la nappe, et répond au sourire de l'homme dont les yeux s'attardent sur les siens par un signe de tête. Elle regarde passive, les bras le long du corps, un instant autour d'elle, et la femme qui a à sa venue suspendu le discours qu'elle tenait, le reprend à ce point alerte et volubile, qu'on la croirait tentée d'effacer à rebours son court laps de silence. Elle repart vers l'entrée accueillir plusieurs clients visiblement ensemble. Elle vérifie, dans son bloc, que le nom de l'un d'entre eux correspond à un de ceux notés deux heures plus tôt dans les réservations, et, les priant de bien vouloir un moment patienter, va quelques mètres plus loin déplacer quatre tables pour n'en faire qu'une seule. Sous les bords des plateaux qu'elle aligne à la hâte, ses doigts collent à la crasse, par endroits grumeleuse, que le jus des éponges, après chaque repas, nourrit en pourrissant la surface du bois. Elle essuie sur ses hanches la paume de ses mains que d'infimes débris piquettent de points sombres, puis, au grand brun qui s'impose, par ses éclats de voix et son agitation, comme le meneur du groupe, elle fait signe de venir. Il invite trois jeunes femmes se pâmant sous l'œil gris qu'il promène sur elles à le précéder. Il s'installe en bout de table, où, légèrement de côté, elle se tient aussi droite et absente qu'elle le peut, son bloc dans la main gauche. Au contact de l'épaule dont il effleure son ventre en basculant vers elle, elle brise à moitié la mine de son crayon et cherche tout de suite du regard sa patronne. Celle-ci lui ayant maintes fois fait comprendre la chance qu'elle avait, en tant que débutante, de travailler ici, mais aussi expliqué que ses attitudes avenantes, pour ne pas dire plus, avec certains clients, finiraient forcément par lui jouer des tours. Sa patronne qui avec sa paire de lunettes pendue autour du cou l'épie, comme toujours, avec dureté. Sa patronne qu'elle fait semblant de ne pas voir pour river de nouveau ses yeux sur le téléphone qui reste silencieux. Abattue elle griffonne machinalement sur un bulletin de commande les mots qui lui parviennent. Elle laisse le meneur du groupe la tenir par les hanches, puis d'un ton trébuchant, indiquant qu'il a bu, lui présenter ses amis et le métier qu'ils font. Dans le miroir couvrant le mur au fond de la salle, elle voit l'attitude de son propre reflet dénaturer l'idée qu'elle se fait d'elle-même. Elle effectue un pas brusquement de côté pour dégager sa taille des mains du meneur. Sur la feuille de papier qu'elle se remet à noircir en notant la commande et que ses ongles vernis raient de traits rouges, s'entassent maintenant toute une série de plats, de cadavres rôtis, de poêlées de légumes, de chairs voulues saignantes, relevées d'une sauce, ou simplement habillées par les marques d'un gril. Comme sa patronne lui a appris à le faire, elle s'efforce de rendre attractive la carte des vins. Si la plupart du temps elle trouve cet exercice à tout le moins gênant, ce soir c'est différent, ce soir ça lui est égal de s'y prêter. Elle range son crayon dans la plus étroite poche de son tablier, puis feignant d'être aveugle aux signes exaspérés que lui lance un vieil homme, se dirige vers les cuisines. La chaleur de celles-ci afflue sur son visage, sa gorge et ses bras nus. Surplombant les fumées d'une rangée de filets de poisson rissolant dans une huile turbulente et rancie, le cuistot met la main sur un large couvercle puis se tourne vers elle. Ses bajoues glabres et molles dont le teint blême évoque quelque viande bouillie se soulèvent au sourire qu'il lui adresse. Une ceinture rentrée dans le gras de son ventre parait couper en deux son grand corps affaissé. Il s'approche d'elle et elle commence de lire la commande notée, espérant pouvoir le tenir à distance avec une voix égale, haut perchée et sévère. Sa lecture achevée et le temps d'entrevoir, à côté des fourneaux, l'apprenti au visage cireux et décharné, absorbé à hacher, les mains un peu tremblantes, des feuilles de persil, elle retourne en salle. Repensant au vieil homme ayant cherché à l'attirer vers lui une minute avant, elle découvre la banquette où il était assis à présent sans personne. Elle jette un coup d'œil derrière elle et le voit près de la caisse, son manteau dans une main, une casquette vissée sur son crâne chauve, régler son addition. Ses lunettes sur le nez, sa patronne en profite pour encore une fois la tancer du regard. Elle abaisse le sien, et, posant les yeux sur la table à desservir, ressent du dégoût. Trois mouchoirs en papier mis en boule et couverts d'auréoles verdâtres entourent la carafe. Un cure-dent est planté, comme par provocation, dans le pot à moutarde. Des os fins de volaille remplissent le cendrier, et, sur le bord de l'assiette, d'une bouchée qui a été recrachée et qui se trouve en léger porte-à-faux au-dessus de la nappe, s'échappe un filet de salive. Il lui faut résister comme à un haut-le-cœur pour prendre et transporter le tout vers le bac à plonge. L'apprenti devinant peut-être son malaise se hâte de lui libérer les bras. Elle s'apprête à regagner la salle, mais le cuistot l'en empêche en se plantant devant elle pour obtenir un baiser sur la joue qu'il lui tend. En dépit d'un bruyant crépitement de friture, cette fois c'est certain elle entend la sonnerie au loin du téléphone. Elle enfonce ses poings dans le torse du cuisinier qui aussitôt s'écarte, et se précipite vers le coude arrondi du comptoir. Haletante, elle y scrute sa patronne le combiné à l'oreille. Au constat rapide qu'il ne s'agit rien de plus que d'un client qui annule une réservation, un frisson la saisit et elle se retient de pleurer. Remarquant, de surcroît, qu'à quelques mètres d'elle, buvant un digestif, le vieil homme accoté contre le zinc la toise, mais aussi le meneur, pas très loin lui non plus, lui faire signe d'amener la bouteille de vin qu'il a lui-même choisie pour son groupe d'amis, elle court vers les toilettes, s'assure qu'elle y est seule, et en verrouille la porte. Sur le mur carrelé au-dessus du lavabo ruissellent quelques gouttes au sillage jaunâtre. Elle ouvre le robinet d'eau chaude et sent rapidement lui monter au visage une vapeur suffocante. Se tenant à deux mains au bord de la cuvette, elle ne peut s'empêcher de se dire que Jean oubliera d'appeler si sa sœur se trouve mal. Il n'écoute plus rien sans qu'elle sache vraiment à le voir par moments comme absent à lui-même si c'est voulu ou pas. Elle a le sentiment que c'est en accouchant de lui qu'elle a perdu la main sur le cours de sa propre vie et n'a plus fait qu'aller de déboire en déboire, voyant se décomposer l'un après l'autre ses rêves. D'ignorer lequel des hommes rencontrés et aimés dans une courte période est réellement son père ne l'a bien sûr pas aidée à savoir quelle mère elle devait être pour lui. Elle a cru dans les bras du père de sa fille que tout s'arrangerait, mais il l'a quittée et elle se retrouve aujourd'hui obligée de s'en remettre à Lili pour obtenir de lui chaque mois un peu d'argent. Peut-être a-t-elle déjà commencé de vieillir seule en cuvant ses remords. Son tout dernier amant, vaguement musicien, pour lequel elle a même acheté un vieux piano afin qu'il soit chez elle un peu comme chez lui, ne donne d'ailleurs plus, depuis quelques jours, aucun signe de vie. Ce boulot de serveuse, que grâce à une amie elle a décroché ici, paye si peu qu'il lui arrive, comme en cette seconde, de penser à se tourner vers quelque maquerelle pour arrondir ses fins de mois. Le regard accaparé par l'eau toujours brûlante que la bonde engloutit sans cesser d'éructer, elle entend que quelqu'un tambourine à la porte. Elle redoute que ce soit sa patronne qui l'attende derrière. Elle l'ouvre et découvre en fait une cliente qui l'air suspicieux rechigne à s'écarter pour la laisser sortir. Elle force le passage, se retrouve vite dans la salle, mais ne se souvient plus d'aucune commande en cours. Elle saisit, affolée, un plateau, puis aperçoit une table à encore desservir. Elle s'y attelle et à mesure que sur celui-ci s'accroît la pile de couverts disposée à la diable, son avant-bras oblique peu à peu vers le bas. Comme un signe annonçant un imminent chaos, un quignon de pain tombe du plateau, rebondit sur l'arête du dossier d'une chaise, puis termine sa course contre le mocassin vernis d'un homme. C'est alors qu'elle distingue clairement sa patronne parler dans le combiné du téléphone. Elle voudrait se jeter sur elle pour lui arracher l'appareil des mains, mais, au bruit que son plateau fait en cognant le sol, les regards pétrifiés des clients autour d'elle la retiennent un peu comme l'étranglant sur place. Les soupirs et les cris que la gorge ainsi prise il lui faut ravaler finissent de l'étouffer. Elle bascule la tête brusquement en arrière, puis, d'un œil qui se serait comme détaché d'elle, se regarde, impuissante, tomber à la renverse.

— Son enterrement aura lieu dans trois jours, fit-il.

L'écouteur à l'oreille, Lili crut qu'il était sur le point de raccrocher, et cette perspective l'effraya.

— Je serai déjà partie, dit-elle. Mais de toute façon, je n'y aurais pas assisté…

Il pensa qu'elle allait ajouter quelque chose, patienta vainement et reprit la parole :

— Le médecin qui a constaté son décès m'a joint par téléphone en fin de matinée.

Elle découvrait, à ces mots, qui l'avait informé de la mort de leur mère, et s'étonna de ne pas l'avoir interrogé là-dessus au tout début de leur conversation.

— Jean ?

— Oui.

— Je ne vivais plus avec elle depuis environ six mois.

Il perçut à sa voix qu'elle se le reprochait, et, inerte sur sa chaise, les mots avec lesquels il avait commencé de porter un jugement sur sa propre conduite devinrent plus durs encore. Il ne s'était soucié de personne à part lui depuis le moment où songeant qu'il devait se couper de tout et de tout le monde pour atteindre quelque chose sur le plan artistique, il s'était installé dans cette chambre de bonne. D'avoir cru qu'un espace pareil à une cellule le pousserait à chercher davantage en lui-même matière à se forger un jeu identifiable lui semblait à présent d'autant plus dérisoire qu'il avait moins passé de temps à travailler son instrument qu'à se lamenter sur son sort.

— Je sais, murmura-t-il. Après avoir reçu le coup de fil du médecin, j'ai appelé la gardienne qui m'a dit que tu avais déménagé.

Il se frotta de sa main libre le visage, réprima un soupir et poursuivit :

— J'aurais dû de temps à autre prendre de vos nouvelles.

— Peut-être.

— J'aurais pu quelquefois…

— Arrête.

Il se dit qu'elle avait raison de le faire taire. Était-il seulement sûr de la sincérité dont il voulait faire preuve envers lui-même ? Devinait-elle que pendant plus de six ans il n'avait rien fait d'autre qu'essayer de tromper un pénible silence depuis toujours en lui ? Gardant le combiné chevillé à sa joue, il se leva de sa chaise, donna du mou au fil du téléphone, et souleva nerveusement du bout du pied le bord effrangé de son tapis. Des mots comme hérissés en travers de la gorge, un filet de voix, pourtant, lui échappa :

— Lili ?

Elle ne répondit pas. Ramassée sur son lit, les yeux à peine ouverts, elle revoyait sa mère s'éteindre peu à peu sous l'effet de somnifères. Le sort avait voulu qu'au prétexte de passer, comme souvent tard le soir, prendre quelques affaires pour lui rendre visite, elle eût à assister à ses derniers instants. Si sa première pensée avait été d'appeler tout de suite les secours, elle s'était ravisée, assise au plus près d'elle, et sentie à ce point envahie ou plutôt envoûtée par l'étrange sommeil qui l'emportait, qu'elle n'avait rien fait, attendant que le temps file sans peur ni tristesse. Elle s'était assoupie peut-être une paire d'heures, puis, au milieu de la nuit, elle l'avait quittée, laissant sa porte d'entrée légèrement entrouverte afin que la gardienne se doute de quelque chose lors de la distribution matinale du courrier.

— Jean ?

— Oui.

— J'étais chez elle hier soir...

Il redressa la tête, alerté par un timbre de voix qu'il ne lui connaissait pas.

— Quand j'ai frappé à sa porte, continua-t-elle, elle n'est pas venue m'ouvrir... J'ai dû me servir de mes clefs et je l'ai découverte allongée sur son lit, inconsciente, une boîte de somnifères entre les mains...

Le souffle suspendu, il attendit la suite.

— Elle n'était pas encore…

— Quoi ?

— J'aurais peut-être pu la…

Il ne voulut pas croire à ce qu'elle ne parvenait pas à dire jusqu'au bout, et en même temps il sut que plus rien désormais ne l'effacerait de son esprit.

— Tu pars où ? s'entendit-il alors bizarrement demander.

Elle resta silencieuse.

— Réponds-moi s'il te plaît, j'ai besoin de…

Elle s'en voulait déjà de s'être figurée qu'en se confiant à lui elle pourrait en tirer comme une libération. Fallait-il maintenant qu'elle fasse l'erreur de lui avouer qu'elle allait dans quelques heures prendre un train pour l'Espagne où son père l'attendait ?

— Un ami qui dirige un hôtel-restaurant me propose du travail.

Elle essuya la larme qui coula sur sa joue.

— Je pourrai lui parler et savoir si pour toi…

Il n'arrivait plus à suivre ce qu'elle disait.

— J'ai même cru comprendre qu'il y a un piano, et qu'en fin de semaine…

Des sanglots l'empêchèrent de terminer sa phrase. Elle raccrocha, le regretta, puis tenta de le rappeler. Quand la ligne se mit à sonner occupé, elle pensa qu'il faisait la même chose de son côté. Raccrochant de nouveau pour cette fois patienter une minute ou deux en se mordant les lèvres, elle en vint à se dire qu'ils ne se verraient plus sans doute avant longtemps. Elle essaya encore de le joindre, mais la même sonnerie qui bientôt lui parut bourdonner l'affolement d'un insecte piégé lui fit définitivement baisser les bras. Lâchant le combiné, elle se leva de son lit et alla regarder à sa fenêtre. De l'immeuble d'en face que les barres d'un échafaudage encageaient, provenaient des lueurs de l'avant-dernier étage. Derrière les fenêtres de ce qui devait être une salle à manger, des ombres s'animaient comme si un dîner prolongé jusque tard s'achevait sur quelques pas de danse. Observant cette scène, elle perçut la moiteur de son souffle s'étendre sur la vitre et donner à ces ombres des airs fantomatiques. Elle se pencha en avant et regarda sa rue qu'une auto remonta feux éteints à toute vitesse. Seule la devanture d'une boulangerie connue dans le quartier pour être ouverte la nuit éclairait, côté droit, le long trottoir désert. Elle n'avait rien mangé de toute la journée mais n'aurait pas su dire si elle avait faim. Elle entrouvrit la fenêtre et le filet d'air froid qui roula sur ses hanches lui permit de sentir, sous une couche de graisse, la courbe qu'elles avaient eue. L'idée de sauter dans le vide sans pour autant vouloir attenter à ses jours l'effleura. Un battant de la fenêtre la fit sursauter en heurtant bruyamment le mur sur sa droite. Elle recula de quelques pas et s'assit sur son lit aux draps encore tièdes. Éblouie par l'ampoule de la lampe de chevet posée sur le parquet, elle en ferma l'interrupteur. Elle ne vit un court instant guère plus que le V que formaient les aiguilles phosphorescentes d'un réveil, puis elle distingua le fil du téléphone sinuant sur le sol. Un peu plus de cinq heures la séparant encore du départ de son train, elle tira sur celui-ci pour ne plus attendre un improbable rappel de son frère. Le vent qui par moments s'engouffrait dans la pièce dissipait la langueur n'ayant que trop longtemps dominé ses pensées. Elle pouvait réentendre son père lui dire de le rejoindre, et le froid qui lui engourdissait les jambes ne la faisait pas trembler. Elle se redressa, retourna près de la fenêtre, et, songeant si fort à l'aube que ses yeux lui semblèrent percer l'obscurité, la referma.

Figé à seulement quelques pas de son immeuble, il a toutes les peines du monde à détourner les yeux de la lucarne trouant sa chambre de bonne qu'il devrait d'ici une ou deux minutes fouler. La vision qu'il en a est brouillée par la pluie dont les gouttes se nimbent, au contact de ses cils, de reflets cristallins. Il se dirige vers le rectangle de bitume encore sec sous l'auvent d'une boutique et s'y arrête. Le vent qui par rafales tournoie à tout moment agite et fait grincer les bras grippés d'un store. Il abaisse la tête et observe à quel point ses vêtements sont trempés. Le tissu de son blazer adhérant à son torse indique par une tache sombre l'emplacement et la forme de son étui à tabac enfoui dans la poche de sa chemise. Ce sont moins deux ourlets que des sortes de guêtres aux plis enchevêtrés qui à présent ajustent le bas de son pantalon. Il lisse vers l'arrière ses cheveux dégoulinants, puis, une main en visière au-dessus des sourcils, scrute une nouvelle fois l'écran noir de sa fenêtre. Il aimerait y voir fugacement apparaître la silhouette de sa mère. Elle pourrait l'attendre dans un coin de sa chambre non pas pour l'effrayer, lui lancer quelque sort par le biais de formules apprises parmi les morts, mais pour lui faire comprendre qu'il a à se trouver désormais une vie ailleurs qu'entre ces murs, dans ce logement en soupente aussi triste qu'une prison. Il se frotte les yeux et doit faire le constat qu'aucune forme ne se montre à travers cette lucarne. Il n'y a que deux cordes emmêlées et qu'il sait accrochées à une tringle dépourvue de rideaux, pour entamer, en l'éraflant, l'obscurité massée derrière la vitre. Il traverse devant lui la chaussée irisée par des flaques huileuses, puis s'appuie à la porte en bois de son immeuble. Il part à la recherche dans ses poches de ses clefs, en perçoit à travers la toile de son jean la raideur dentelée, mais quelque chose le retient d'avoir à s'en servir. Il a comme l'impression de ne plus être en capacité de rentrer chez lui. La pluie s'est arrêtée, et, sans savoir pourquoi, il éprouve le besoin de dire à son patron que sa mère est décédée. Il lui faut revenir en hâte sur ses pas avec l'espoir qu'il n'ait pas encore fermé, jusqu'au surlendemain, les portes de son bar. Il réfléchit à un raccourci et se met avec élan en route. Parvenant rapidement à l'orée d'un terrain où se croisent des sillons remplis d'eau, il emprunte sur sa droite une longue ruelle, puis une galerie sous le remblai pierreux d'un bout de voie ferrée. Engagé dans celle-ci dont les murs carrelés accentuent la froideur d'un éclairage au néon, il ressent au passage de l'air dans sa poitrine une forte douleur. Elle s'atténue le long d'une descente dans laquelle il se laisse entraîner par le poids de son corps jusqu'au parvis d'une église. Il contourne un parking qu'un gardien, sans le voir, arpente avec son chien, remonte un boulevard dont les arbres s'ébrouent, puis la rue qu'il quittait il y a moins d'une heure se profile sur sa gauche. Comme il croit deviner que l'enseigne du bar est encore allumée, il oublie la douleur d'un point de côté et accélère l'allure. L'enseigne est éteinte, mais, s'en avisant, il distingue en même temps son patron affublé d'une épaisse doudoune et coiffé d'un béret, tirer de haut en bas, dans un fracas de tôle, le rideau de fer de la devanture. Il l'interpelle. Son patron interrompt aussitôt son geste, puis se tient immobile, un cadenas dans une main, en travers du trottoir.

— Ma mère est morte, lui dit-il en se plantant devant lui.

L'autre semble chercher en vain à lui répondre, puis pendant son cadenas dont l'arceau est ouvert au rideau métallique, remonte ce dernier afin de dégager la porte de son bar.

— Entre un instant.

Jean voudrait lui dire *oui* mais d'un mouvement de tête il exprime le contraire.

— Alors attends-moi là, j'ai quelque chose pour toi.

À travers la vitrine, il voit son patron disparaître dans ce qui sert de local à rangement, en ressortir tenant dans une main un lainage, passer derrière le comptoir, y ouvrir un tiroir pour en extraire des clefs, et enfin le rejoindre sur le seuil.

— Commence par mettre ça.

Jean prend sans hésiter le gros pull qu'il lui tend, mais ne fait qu'en nouer les manches autour de son cou. Se figurant capable maintenant de rentrer chez lui, son regard est attiré par les clefs que son patron garde dans une main. Des clefs qu'avec la gorge nouée il reconnait. Des clefs qu'il sait lui avoir un jour appartenues. Des clefs qu'il se revoit, même après six années, laisser sur la console dans l'entrée chez sa mère le soir de son départ. Des clefs sans juste un mot pour dire s'il donnerait parfois de ses nouvelles…

— Elles sont à moi, n'est-ce pas ?

— Oui.

— Qui vous les a données ?

— Ta mère.

— Quand ? Où ?

— Elle est passée un soir, cet été, quand il a fait si chaud. On a un peu parlé, elle t'a regardé jouer, mais elle n'a pas voulu…

— Pourquoi ne m'avoir rien dit ?

Son patron se rapproche pour lui tendre les clefs, et pose doucement une main sur son bras. Jean les prend mais coupe court à ce contact avec lui en reculant d'un pas sur le trottoir mouillé.

— Elle m'avait demandé…

— Quoi ?

Une pluie lâche et fine recommence à tomber.

— Non, rien, c'est idiot de ma part, je n'aurais jamais dû…

Au regard presque implorant que lui adresse son patron, Jean soupire et renonce à le questionner encore.

— Entre donc s'il te plaît, juste un petit moment.

Jean ne bouge pas du trottoir mais enfile par-dessus son blazer mouillé le gros pull de laine.

— Non, je dois y aller.

Son patron pousse à son tour un long soupir.

— Je t'attends mardi soir ?

Jean voudrait ne rien dire mais n'y arrive pas :

— Oui, à mardi soir.

Il tourne les talons puis repart d'un pas alerte. Dans le pare-brise vertical d'un fourgon blanc garé près du trottoir, il distingue le reflet parsemé de gouttelettes de son patron, sur le seuil de son bar, l'observant s'éloigner. Il aimerait que cette image ne cède rien au désordre des pensées qui l'assaillent, et regagne le boulevard, les yeux à peine ouverts, comme pour la retenir. Avec le trousseau de clefs qu'il a récupéré, il se sent obligé de passer chez sa mère. Il agite le bras à l'approche d'un taxi, mais doit marcher encore pendant quelques minutes pour en héler un autre acceptant de le prendre. Installé sur la banquette arrière, il bredouille quelques mots au chauffeur puis ferme les paupières. Le menton sur sa gorge, il devine aux mouvements qu'accomplit en roulant sa tête de côté les courbures de la route. Dans l'air tiède que diffuse une sortie de chauffage placée sous la portière, il frictionne ses cuisses. Il rouvre les yeux, voit défiler des bâtiments à l'abandon, puis, après avoir passé une station-service, le taxi s'arrête. Il regarde ce qu'affiche le compteur, règle hâtivement la course, et se campe devant l'immeuble dont les portes vitrées l'ont vu enfant. Il les franchit, traverse le hall au sol souillé de traces de boue, monte par l'escalier quatre étages à la seule lueur des veilleuses de paliers, puis, un peu comme quelqu'un qui reviendrait chez lui pour y avoir oublié des mouchoirs en papier ou une paire de gants, déverrouille la porte où sur une étiquette collée près du judas figurent le nom de sa mère encore suivi du sien et de celui de sa sœur. Dans l'entrée quelques prospectus publicitaires recouvrent la moquette. Il les pousse du bout du pied, puis referme derrière lui sans faire le moindre bruit comme pour ne pas réveiller ses souvenirs. Le plafonnier éteint, il s'avance à tâtons jusqu'au salon. La nuit grise, dehors, projette depuis la fenêtre dont les rideaux sont écartés, un pinceau de lueur sur le devant du piano qui n'a pas bougé de place. Un tapis est roulé aux trois quarts sur le sol comme s'il avait fallu dégager un passage. Il ôte ses bottines et s'engage dans le couloir desservant toutes les pièces. Il attrape en passant près de la salle de bains une serviette éponge posée sur une corbeille, puis, toujours dans la pénombre, se guide en effleurant les portes d'un placard afin de pénétrer dans la chambre de sa mère. Une odeur familière à laquelle le froid ajoute une touche acidulée le saisit. Il se sert de la serviette pour essuyer ses cheveux, et s'avance vers le centre de la pièce. Il se cogne au lit et du matelas s'échappe un souffle parfumé. Il se baisse, fouille un instant dans le noir jusqu'à mettre la main sur la table de chevet, et allume une lampe. À sa droite un mur vide garde l'empreinte ovale et les quatre crochets d'un miroir retiré. Il enlève son pull qu'il va pendre à l'un d'eux, puis s'assied sur le bord du lit, les mains jointes entre ses cuisses. Tournant le dos à la fenêtre, il entend la chaînette pendue aux volets clos cliqueter sur la vitre comme des ongles ou un poing aux doigts garnis de bagues. Il jette un coup d'œil sur le vieux peignoir recouvrant la télé, puis sur la table de chevet dont l'unique tiroir est à moitié ouvert. En même temps qu'il remarque sous celui-ci une niche abritant un réveil à la trotteuse figée, il ne peut s'empêcher d'y enfouir une main. Il rassemble, du bout des doigts, les papiers qui y sont entassés, puis s'empare du tout qu'il dépose sur les plis du drap tiré sous lui. Des pages de magazines aux articles annotés d'une écriture oblique quasiment illisible constituent le sommet écorné de la pile. Viennent ensuite une photo de classe où sa sœur âgée de cinq ou six ans figure au premier rang, puis une autre de lui, prise aussi à l'école, mais elle individuelle. Déchirée puis si soigneusement recollée que l'on perçoit à peine le ruban adhésif qui pourtant la traverse, cette dernière lui parait à elle seule résumer la nature de l'amour que sa mère a eu pour lui. Il la remet dans le tiroir et s'empare d'un journal des plis duquel s'échappe une cassette audio. Il se relève et va sans attendre la glisser dans un magnétophone collé à la télé. Après un court silence, c'est sans difficulté qu'il reconnait sa propre voix et s'entend sur la bande, vieille d'une douzaine d'années, annoncer en anglais le titre d'un morceau. Il augmente le volume et bientôt retentissent les sons déliés et pleins d'une ligne de basse. Il se souvient alors que cet enregistrement est issu d'une série qu'il s'était procurée pour apprendre à jouer des standards de jazz non plus seul mais un peu comme porté par les notes d'un des plus fabuleux bassistes d'après-guerre. Il ébauche un sourire, retire tous ses vêtements, puis, les yeux fermés, s'allonge sur le lit près du creux que le corps de sa mère y a laissé. L'éclairage lui semble prendre la teinte rose pâle d'une bouche qui s'approcherait de ses paupières. La musique, elle, le timbre d'une voix en retrait lui soufflant de s'endormir.

Cet ouvrage a été composé par IGS-CP
à L'Isle-d'Espagnac (16) et achevé d'imprimer
par Normandie Roto Impression s.a.s, à Lonrai (61)
en janvier 2022.

Imprimé en France
Dépôt légal : mars 2022
N° impression : 2107075